사 랑 을
사 랑 하 는
것

사 랑 을 사 랑 하 는 것

함정임 소설

문학동네

내가 당신의 손을 잡아줄게요.

당신에게 휴식을 주겠어요.

—롤랑 바르트

차례

순간, 순간들

희순씨는 창밖을 바라본다. 잘랐던 감나무 가지마다 새싹이 돋아나 햇빛에 반짝이고 있다. 현관 입구에 서 있는 오래된 괘종시계에서 보름달이 차오르듯이 차르륵 소리가 난다. 희순씨는 곧 종이 울릴 것이라는 것을 안다. 예감은 틀린 적이 없다. 사십여 년 동안 들어온 종소리이다. 마침내 타종이 시작된다. 희순씨는 하나, 둘, 셋, 종소리를 센다. 종소리는 열둘까지 울릴 것이다. 다섯, 여섯, 일곱에 이르러서 숨을 멈춘다. 클라이맥스다. 희순씨는 마지막 열두번째 종소리의 여운까지 놓치지 않으려고 정신을 집중한다. 종소리는 집안을 꽉 채운 뒤 감나무 너머로 퍼져나간다. 희순씨의 눈꺼풀 사이로 햇빛에 투사된 초록빛이 명멸한다. 집안은 아무 일도 없었던 것처럼 고요해진다. 희순씨의 평온한 얼굴 위로 한줄기 투명한 빛이 쏟아진다. 5월이다. 남식씨는 성당에 가고 없다.

* * *

그러니까 5월이었다. 희순씨는 남식씨와 파란 대문 앞에 막 도착한 참이었다. 살짝 열린 문틈으로 아담한 뜰이 보였다. 뜰 한가운데에 어린 감나무가 한 그루 서 있었다. 남식씨는 머리 위에 이고 있던 보따리를 가슴으로 받아안고 새 주인답게 대문을 활짝 열고 안으로 들어갔다. 비뚜름하게 서 있는 앙상한 감나무 한 그루뿐 뜰을 차지하고 있는 화단은 볼품없이 텅 비어 있었다. 희순씨는 남식씨처럼 거침없이 발걸음을 떼지 못하고 방금 걸어온 골목길을 돌아보았다. 황해도 해주에서 경기도 양주로, 양주에서 의정부로, 의정부에서 서울 수유리의 이 파란 대문 앞에 서기까지, 사십 년이 넘는 아득한 순간들이 주마등처럼 스쳐갔다. 전쟁이 있었고, 피란 행렬이 있었고, 뒤에서, 옆에서, 죽어나간 사람들이 있었다. 고향은 돌아갈 수 없는 땅이 되었고, 부모 형제는 생사부지의 존재가 되었다. 그런 희순씨가 파란 대문의 새집으로 들어가기 위해서는 무엇인가, 심호흡 같은 것이 필요했다. 이런 것이었다. 희순씨는 아내와 아이 셋이 딸린 가장이었다. 언제 이런 일이 일어났는지, 돌아보면 벼랑 끝에 서 있는 것처럼 아찔했다. 희순씨와는 천양지차로 남식씨는 돌아보고 말고 할 것 없이 매사에 거침이 없었다. 그에 걸맞게 목소리도 천둥처럼 쩌렁쩌렁 우렁찼다. 희순 씨는 쩝, 소리가 나도록 심호흡을 한 번 하고는 남식씨가 활짝 열 어젖힌 대문 안으로 들어갔다. 두 사람의 그림자 꼬리를 밟듯 가사를 걸친 스님 한 분이 대문 앞을 지나갔다.

*

아버지, 지난 주말 파리에 유학 와서 처음으로 기차를 탔습니다. 생라자르역에서 북쪽으로 가는 기차였습니다. 광장에는 서울 역광장처럼 시계탑이 서 있습니다. 그런데 이 시계탑에는 아버지 책상 위에 놓인 것과 같은 검은 테 둥근 시계들이 엉겨붙어 있습니다. 아침에 기차를 타러 갈 때, 그 앞을 그냥 지나쳤는데, 저녁에 역으로 다시 돌아와서는 곧장 그 시계탑으로 향했습니다. 그러려고 그런 것은 아니었습니다. 시계탑에는 '모두의 시간'이라는 제목이 붙어 있었습니다. 아버지께 보내드리는 엽서 사진이 바로 그것입니다. 아버지는 아마 이 엽서를 받으시고 이애가 안 하던 짓을 하는 것으로 보아 무슨 곤란한 사정이 생긴 것으로 염려하고 계실지도 모릅니다. 아무 일도 아닙니다. 두 가지 말씀드리고 싶은 마음이 들었기 때문입니다. 파리의 북쪽은 노르망디 지역입니다. 아버지께서 어린 저와 경서를 앉혀놓고 인천상륙작전과 함께 노르망디상륙작전에 대해 몇 번이고 들려주셨지요. '혁혁했다'라는 말을 아버지가 힘주어 반복하셨던 기억이 납니다. 바로 그곳, 노르망디 쪽으로 기차를 타고 달리면서, 아버지의 고향 쪽으로 달리던 녹슨 기차와 그 스님을 생각했습니다. 그렇습니다. 아버지의 추측이 맞습니다. 무슨 일이 아예 없는 것은 아닙니다. 하루에도 열두 번 고국으로 돌아가고 싶은 충동에 시달립니다. 오직 어머니로부터 벗어날 생각에 도망치듯 멀리 떠나와 외국인으로 살면서 타국어로 공부한다는 것이 얼마나 무모한 일인지 미처 생각을 못했습니다. 그러다가도 우리집 앞을 지나가다가 발길을 돌려 남겼다는 스님의 한마디가 주술처럼 귓전에 살아나 맴돕니다. 어머니는 아직도 그 한마디를 신줏단지 모시듯 모시고 사시겠지요. 전쟁통에 여학교에 발도 못 들여본 어머니로서는 공부에 한이 맺힌 분이라는 것을 제가 왜 모르겠습니까. 전국 각지로 보따리장사를 하며 아버지의 박봉으로는 감당이 안 되는 저희 셋 뒷바라지를 불평한 번 안 하고 척척 밀고 나간 원동력을 아버지도 저희도 모를 수가 없는 것이지요. 살아남은 기억은 세월이 갈수록 뼈처럼 새겨져 완고해지는 것인가봅니다. 별것 아니라고 털어버리기 일쑤인데, 스님의 그 한마디는 가시처럼 뇌리에 콕 박혀 되살아납니다. 아버지, 저는 괜찮습니다. 정말 저는 잘 지……

*

희순씨는 정성을 다해 쑥을 다듬는 남식씨를 멀뚱히 바라보았다. 파리에서 보내온 형서의 편지가 사십 년 전 일인지 삼십 년 전 일인지 가늠할 기운조차 없었지만, 한 글자 한 글자 써내려간 사연만은 어제 받아본 것처럼 생생했다. 희순씨는 가뭇하게 눈앞이 흐려지는 것을 느끼며 창 쪽으로 천천히 고개를 돌렸다. 남식씨가 무엇을 할 때에는 말을 붙이면 안 되었다. 새끼들 세뱃돈을 세든가, 화투를 치든가, 집집마다 돌릴 만두를 빚든가, 쑥을 다듬든가. 희순씨와 다르게 남식씨는 무엇이든지 분명해야 했다. 너무 분명해서 관계가 부러지고, 끊어지기 일쑤면서도 한 치도 양보하는 일이 없었다. 희순씨는 세상에서 남식씨가 제일 무서웠다. 화를 낼 때 남식씨의 목소리는 도끼로 장작을 패듯 힘세고 단호했다. 목구멍으로 넘어가지 않는 밥을 꾸역꾸역 받아먹지 않으면 남식씨는 불같이 화를 냈다. 밥알을 씹을 때면 오줌이 마려웠다. 남식씨가 잠자리에 누우면 똥이 마려웠다. 희순씨의 소원은 오줌도 똥도 혼자 누는 것이었다. 황금 똥을 누고 싶었다. 목구멍으로 넘어가지 않는 밥알처럼, 똥도 마음대로 싸지지 않았다. 똥 싸는 일에 하루를 보내는 날도 다반사였다. 그리고 잠. 희순씨는 잠을 자고 싶었다. 숨쉬는 것도 힘이 들고, 숨을 안 쉬는 것도 힘이 들었다. 힘이 안 드는 것은 잠뿐이었다. 그런데 밥처럼 잠도 희순씨 마음대로 할 수가 없었다. 밥을 안 먹고, 잠을 자면, 잠만 자면, 어떻게 하갔다는 거이야! 머리 위에서, 등뒤에서, 남식씨의 목소리가 쩌렁쩌렁 울렸다. 남식씨는 봄이 오기도 전에 쑥 뜯으러 가야 한다고 경서에게 성화를 댔다. 경서 나이도 이제 쉰 중반, 낼모레면 육십이었다. 형서처럼 맞서는 것보다 수용하는 편이 세상을 평안하게 한다는 것을 누구보다 잘 아는 경서였다. 남식씨의 소원대로 봄날 하루 쑥을 뜯으러 가도록 희순씨 곁을 지켰다. 떡살을 씻으며 남식씨가 경서에게 말했다. "아버지에게 마지막 쑥떡이 될 거야, 내 마음이니 고저 모두 아무 말 말라." 희순씨는 듣지 말아야 할 것을 들은 양 귓속에 박혀 있는 보청기를 슬그머니 뺐다. 그러고는 정성을 다해 쑥을 다듬는 남식씨를 망연히 바라보았다. 틀니를 뺀 남식씨의 옴팡진 얼굴이 하회 할미탈 같았다. 희순씨는 죽는 게 두렵지 않았다. 그러나 혼자 남게 될 남식씨가 마음에 걸렸다. 뒤늦게 남식씨가 성당에 열심히 다니는 것은 뉴욕에 사는 은서의 지속적인 속삭임에 굴복했기 때문이었다. 그것이 희순씨는 좋아 보이지는 않았으나, 그렇다고 말릴 일도 아니었다. 은서는 어미와는 달리 매사에 나붓하고 곰살궂었으나, 결혼한 뒤로 남편 따라 외국으로 돌고 돌아 일 년에 한 번 얼굴 볼까 말까였다. 희순씨의 눈길이 느껴졌는지, 남식씨가 쑥을 다듬던 손으로 얼굴을 스윽 어루만져주었다. 쑥향이 콧속으로 훅, 퍼졌다. 남식씨가 뺨에 쪽 소리가 나도록 뽀뽀를 해주었다. 그리고 다정하게 "사랑해"라고 말했다.

희순씨는 못 들은 척 스르르 눈을 감았다.

*

"당신, 누구요!" 우체부로부터 하숙방 앞에 웬 젊은 여자가 서성거리고 있다는 연락을 받고 교문을 나와 종종걸음으로 마을로 가보니, 눈도 코도 입도 키도 몹시 작은 여자가 희순씨에게 와락 안겨들었다. 마을 사람들이 하나둘 나와서는 둘을 에워쌌다. 정혼한 여자가 오남식이라는 이름인 것은 새겨들어 알고 있었지만, 실물을 본 것은 처음이었다. 아버님이 남식이라는 처자와 혼사를 치르기로 했다고 희순을 안방으로 불러들여 말씀하신 것이 삼 년 전이었다. 육이오전쟁 발발 전, 고향에서 양가 간에 이루어진 일이었다. 희순이 통성명할 새도 없이 막무가내로 가슴팍에 머리를 디밀고 달라붙어 감격의 눈물을 쏟아내고 있는 여자를 겨우 떼어내며 물은 것이 "당신, 누구요!"였다. 그리고 눈물범벅으로 딸꾹질까지 하며 여자가 대답한 말이 "임자, 처자야요!"였다. 그것은 희순씨와 남식씨가 나눈 첫 대화였다. 그날 밤, 은서가 생겼고, 이듬해 형서가, 그 이듬해 경서가 생겼다. 모두 연년생들이었다. 북쪽에 부모 형제가 갈려 있는 처지에 혼례 같은 것은 없었다.

*

아버지, 들리세요? 아버지, 아버지? 메아리처럼 아득하게 울리는 소리에 까무룩 눈을 뜨자 연년생 삼남매 중 첫째 은서와 막내경서가 희순씨를 내려다보고 있었다. 남식씨와 둘째 형서의 얼굴은 보이지 않았다. 형서는 파리 유학중이라는 것이 기억났고, 남식씨는 오늘도 장사를 나간 것이로구나 생각났다. 간호사가 손가락을 좌우로 움직이며 희순씨의 인지능력을 확인하고 나가자 은서가 말했다. 사흘 만에 깨어난 것이고, 그 사흘 중 하루는 장례 준비로 보냈다고. 하루 동안 희순씨는 죽은 사람이었다. 사거리 신호등 정지신호에 멈춰 있던 희순씨의 차를 속도 조절을 못한 대형 트럭이 뒤에서 들이받았고, 튕겼다가 폭삭 찌그러진 차량의 운전석에 앉았던 희순씨를 수습하러 앰뷸런스가 도착했을 때, 희순씨가 보이지 않았다는 것이다. 건너편 정비소에서 희순씨의 사고 장면을 목격한 초등학교 제자는 백 퍼센트 사망임을 직감하고, 옛 은사의 비보를 사방에 전파했고, 남식씨는 죽지 않고 살아 있음을 재전파하느라 희순씨의 곁을 지키고 있을 수가 없었다. 희순에게는 언제나 넘치는 봉사 정신이 문제였다. 운전면허증을 발부받기도 전에 할부로 자동차를 받아 핸들을 잡았고, 시승식을 겸하여 동료 교사들과 교외로 나가 회식을 한 뒤, 한명 한명 집까지 데려다주고 귀가하다가 변을 당한 것이었다. "고저, 죽은목숨 이제부터는 덤이다, 생각하고 살아야지요." 복도 저편에서 의사와 만났는지 남식씨의 목소리가 들려왔다. 희순씨는 가능한 한 나중에 남식씨와 대면하기 위해 슬쩍 눈을 감았다. 남식씨가 병실로 들어오는 것을 보자 은서가 희순씨의 손을 잡고 불렀다. 아버지, 아버지? 눈을 떠보세요, 아버지!

*

희순씨는 천을 들치고 스미스 소령의 손끝을 잡았다. 끝과 끝의 접촉이었으나, 송곳처럼 예리한 냉기가 전류를 타듯 전율을 일으키며 희순씨의 신경을 자극했다. 흐린 하늘에, 장송곡이 흘렀다. 어제 같았으면, 아니 어제와 또 어제, 이곳에 와서 보낸 두 달 하고도 십여 일 동안, 희순씨는 스미스 소령과 동기들이 있던 그 자리의 맨 앞에 있곤 했다. 기상나팔이 울리기도 전에 부지런한 희순씨는 자리에서 일어나 막사를 돌고, 배식 시간보다 먼저 도착해 첫 순서로 식판을 받아 자리에 앉았다. 배고픔 걱정을 하지 않는 것만 해도 감지덕지했다. 전쟁통에 희순씨가 유엔군 캠프에서 생활을 하게 된 것은 순전히 줄을 잘 섰기 때문이었다. 그 줄이란 것은 선택의 순발력에서 비롯되었다. 순서가 되어 면접관 앞에 섰을 때, 희순씨는 자신이 박희순이라는 것 이외에 도무지 뭐가 뭔지 알 수 없었다. 희순씨는 유엔군 면접관이 물을 것을 대비해, 자신은 해주에서 왔고, 스물두 살이고, 사범학교를 나왔고, 그리고 교사 발령을 받았다는 것을 또박또박 말하는 연습을 했다. 그런데 면접관이 그에게 물은 것은 전혀 다른 것이었다. 면접관은 매우 짧게, 한마디 던졌는데, 번개처럼 번쩍하고 지나가서 희순씨는 정신이 없었다. 면접관이 다시 물었고, 희순씨는 무슨 말인지 알아듣지 못했으나 본능적으로 고개를 끄덕였다. 그때 희순씨가 고개를 끄덕인 것은, 한국어가 아닌 영어였다는, 말이란 것도 번개처럼 번쩍하고 후려칠 수 있다는 것을 깨달았기 때문이었다. 그 순간은 오 초, 십 초 남짓이었을까? 그러나 그때 희순씨에게 오 초, 또는 십 초는 중력이 미치지 않는 공간처럼 가늠할 수 없었다. 면접관이 희순씨에게 오른쪽으로 가라고 손짓했고, 희순씨는 그렇게 했다. 오른쪽과 왼쪽은 보이지 않는 줄이 그어져 있었고, 희순씨는 면접관, 그러니까 스미스 소령을 따라 유엔군 캠프에서 훈련을 받았다. 그때 희순씨에게 스미스 소령이 물었던 질문은 "영어를 할 줄 아느냐"는 것이었고, 그것은 레코드 테이프처럼 수십, 수백 명에게 기계적으로 되던져졌다. 그렇게 뱉어진 말을 알아들어서 유엔군 캠프로 합류한 군인이 있는가 하면, 희순씨처럼 엉겁결에 합류된 군인도 있었다. 희순씨는 봉사 정신이 투철한데다가 낙천적이었다. 그래서 아침마다 기상나팔이 울려퍼지기 전에 일어나 막사를 돌며 굿모닝을 외쳤다. 캠프 사람들은 희순씨를 '굿모닝 보이'라고 불렀다. 아침 배식 일 번의 자리를 놓치지 않던 굿모닝 보이가 단 한 번 그 자리에 나타나지 않은 것은 늦잠 때문이었다. 전날 식탐으로 두 개를 먹었던 햄버거에 이상이 있었던 것인지 밤새 설사를 했다. 늦게 일어나 막사 밖으로 나왔을 때, 건너편에서 빙 둘러 아침식사를 마친 병사들이 자리에서 일어나기 시작했고, 스미스 소령이 "헤이, 굿모닝 보이!"라고 희순씨를 부르는 순간, 그들 한가운데로 박격포가 떨어졌다.

*

희순씨는 아홉시부터 세 시간째 이야기를 이어갔다. 형서 처가 부산에서 출장차 왔다가 하룻밤 묵고, 아침상을 차렸다. 남식씨가 산삼주를 내왔다. 팔십 중반의 두 노인이 사는 집안에 모처럼 활기가 띠었다. 형서 처는 가상하게도 시어미와 한자리에 누워 모녀지간처럼 잠을 잤다. "별일이네, 숨차서 몇 마디 못하는 양반이, 이야기보따리가 아주 터졌구나, 잉?" 아침상을 차리고, 치우고, 열차 시간에 맞춰 나가야 하는데, 형서 처의 발목을 희순씨가 꼼짝 못하게 붙잡고 있는 형국이었다. "소설 쓰는 사람이라 그러냐, 이야기를 들어주는 귀가 따로 있어 그러냐?" 희순씨의 이야기는 굿모닝 보이를 거쳐 지리산 외나무다리로 나아갈 것이었다. 희순씨의 평생 레퍼토리 중의 두번째 하이라이트였다. 희순씨는 팔십오 년이 넘는 생애를 세 시간의 이야기로 압축하고 있었다. 남식씨는 생기를 띠고 있는 희순씨를 보고는 형서 처를 일어나지 못하게 그 자리에 앉혀놓고, 형서 처가 할 일들을 자신이 도맡아 심부름했다. 남식씨가 감나무에서 딴 감으로 만든 곶감을 내왔다. 형서 처가 좋아하는 것이었다. 곶감을 보자 희순씨의 이야기는 지리산 외나무다리에서 구사일생으로 살아난 일화에서 이십 년을 훌쩍 뛰어넘어 사십 년 전, 감나무가 있는 이 파란 대문 집으로 이사오던 순간으로 옮겨왔다. 스님의 말이 틀리지 않았다. 집터가 좋아서 박사가 세 명 탄생한다는 스님의 말을 남식씨는 신줏단지 모시듯 했다. 형서가 외국으로 유학을 떠난다고 했을 때 두말 않고 허락한 것도 스님의 예언을 적중시키기 위함이었다. 형서 처가 뒤늦게 들어와 박사학위를 받으면서 스님의 예언은 완성이 되었다. 그런데 구십 세 가까운 최고령의 노인들이 가파른 계단을 오르고 내려야 하는 이층집에 살기에는 불편하고, 위험하기 짝이 없었다. 특히 감나무, 지붕 위까지 올라간 감나무의 감들을 따야 하는 것과 무성한 가지들을 잘라내는 것이 일이었다. 희순씨는 지난가을, 일꾼이 와서 감나무 가지를 뚝뚝 쳐낼 때만 해도, 두 발로 걸을 수 있었다. 그러나 지금은 남식씨가 잡아주지 않으면 일어설 수도 걸을 수도 없었다. 형서처가 한시 반 열차를 타기 위해 서울역으로 달려가고, 희순씨는 자리에 누웠다. 마치 두둥실 구름 위에 떠 있는 듯 가벼워졌다.

*

　과연 생라자르역광장에는 '모두의 시간'이라는 이름의 시계탑
이 있었다. 희순씨는 형서가 엽서를 보내준 지 십 년 만에 그 앞에
섰다. 교장 은퇴 기념으로 형서와 형서 처가 유럽 여행을 준비했
는데, 남식씨는 파리 시내를 하루 돌고는 볼 게 없다며 숙소 밖으
로 나오려고 하지 않았다. 한번 먹은 노인의 마음을 꺾을 사람은
아무도 없었다. 남식씨를 위해 형서 처가 남기로 하고, 형서와 둘
이 생라자르역에서 열차를 타고 노르망디상륙작전지를 다녀오기
로 했다. 희순씨는 누가 뭐라고 해도, 맥아더 장군을 존경했다. 인
천상륙작전 기념일에는 훈장을 꺼내 가슴에 달고 기념식에 갔다.
희순씨는 아들이기는 해도 형서가 낯설고 어려울 때가 많았다. 대
학 진학 때만 해도 그랬다. 사내 녀석이, 그것도 장남이 프랑스문
학을 전공한다고 했을 때, 담판을 지었어야 했다. 장남과 대적해야
할 순간들이 있었다. 그러나 그때마다 남식씨가 희순씨의 역할을
도맡아 했다. 모자간의 불화는 갈수록 깊고, 첨예해졌다. 희순씨는
형서가 왜 프랑스로 떠났는지 알고도 모른 체했다. 형서는 학위를
마치자 귀국과 동시에 서울과는 멀찍이 떨어져 부산의 국립대학에
자리잡아 내려갔다. 희순씨는 달리는 열차에 형서와 나란히 앉아
낯선 들판을 바라보던 옛날의 순간, 순간들을 요즘 부쩍 자주 떠올
렸다. 장남과 단둘이 떠난 첫 여행이자 마지막 여행이었다.

* * *

　희순씨네 괘종시계 종소리가 골목 어귀까지 울린다. 일요일 오후 두시. 성당에서부터 남식씨는 걸음을 재촉한다. 종소리의 간격은 십 초. 남식씨의 걸음 속도는 그 십 초에 맞춰져 있다. 희순씨는 낮잠에 들었을 것이다. 남식씨는 파란 대문 앞에 이르러, 숨을 고른다. 늘 그렇듯이. 감나무를 올려다본다. 잘랐던 가지마다 싹이 돋아나 햇빛에 반짝이고 있다.

너무 가까이 있다

철 지난 여름이었다. 태양은 지붕 위로 내리쬐고, 빗줄기는 벽을 타고 흘러내렸다. 보이지 않는 곳에서 시나브로 균열이 시작되었다. 구멍이 생기고, 커지고, 먼지가 내리고, 쌓이고, 바닥이 꺼지고, 흔들리고, 벽이 기울고, 무너졌다. 김은 파도 소리를 들었다.

*

녹색 철문, 흰 담, 적갈색 기와지붕. 풀장이 있는 정원. 뜰 가에 줄지어 선 야자수. 담장 넘어 뻗은 덩굴장미. 1980년대에 건축된 이층 저택. 카드를 대자 딸깍, 하고 현관문이 열렸다. 문틈으로 새어나오는 오래된 빈집 냄새. 집에 관한 한 김은 냄새로 알 수 있었다. 집주인의 연령대, 기질, 취향, 간략한 생의 연대기. 김은 처음 방문하는 빈집 문을 열고 들어갈 때면, 잠시 들어가겠습니다, 라는 의미로, 가볍게 목례를 했다. 일층 중앙에 거실, 좌우로 식당과 부엌, 체력단련실, 침실, 이층 중앙에 간이 응접실, 좌우로 침실, 그리고 서재. 책상에는 독서대가 놓여 있었고, 책이 펼쳐져 있었다. 창가에도 스탠드형 독서대가 놓여 있었고, 역시 책이 펼쳐져 있었다. 이오네스코의 「의자들」이라는 희곡작품이었다. 두 개의 독서대에 「의자들」 130쪽과 131쪽이 똑같이 펼쳐져 있었다. 130쪽에는 오케스트라처럼 무대가 스케치되어 있고, 무대 중앙에 빈 의자들이 놓여 있었다. 131쪽에는 막이 시작되고, 등장인물의 대사가 있었다. 등장인물은 둘, 노부인과 노인이었다. 이 집에 살았던 닥터 송의 노부모는 주거니 받거니 「의자들」 배역 놀이를 한 것으로 짐작되었다. 김은 서재 밖으로 나가려다가 단서를 잡은 형사처럼 독서대로 되돌아와 눈으로 빠르게 대사를 읽어내려갔다.

> **노부인** 영감, 창문 닫아요. 냄새나요. 바다 썩는 냄새. 모기 들
> 어와요.
> **노인** 좀 가만히 있구려.
> **노부인** 영감, 제발 앉아요. 내려오세요. 빠진다고요. 프랑수와
> 1세 기억 안 나세요? 조심해야 한다고요.

노인 또 역사 이야기요? 프랑스 역사 지겹지 않소? 배 좀 보려
고 그러오. 햇빛 아래 점점이 떠 있는 배들 말이오.

노부인 보이지도 않는걸요. 해가 어디에 있다고 그러세요? 벌
써 밤이잖아요.

노인 어렴풋하게 보이오.

바다 썩는 냄새. 김은 책에서 눈을 떼고 홀연히 주위를 돌아보
았다. 순간 섬뜩한 기분이 들었다. 유리창으로 햇빛이 쏟아져들어
오고 있었다. 창밖으로 바닷물이 새파랗게 일렁거렸다. 시간을 확
인했다. 서재에서 오 분이 경과했다. 빈집에 들어와 낯선 연극 대
사를 소리 없이 읽고 있는 자신이 허깨비처럼 느껴졌다. 처음 있
는 일이었다. 창문들이 굳게 잠겨 있었다. 김은 위아래로 오르락
내리락하면서 숨을 터주듯이 창문들을 열었다. 창문이 많은 집이
었다. 어떤 창문은 삐걱, 하는 소리를 냈고, 어떤 창문은 끼익, 하
는 소리를 냈다. 창문을 모두 열고, 김은 자석에 이끌리듯 다시 서
재, 독서대로 돌아왔다.

노인 저는 엄마가 혼자 개울에서 죽도록 내버려두었어요. 엄마
가 절 불렀어요. 힘없이 신음하며. "애야, 내 아들아, 날 혼
자 죽게 두지 말렴…… 나와 함께 있어. 난 오래 살지 못
해." 전 엄마에게 말했어요. "엄마, 걱정 말아요. 금방 올게

요."……전 바빴거든요…… 무도회장에, 춤추러 갔거든
요. 갔다 금방 돌아올 거였는데. 벌써 돌아가신 거예요. 그
리고 땅속 깊이 묻혀서…… 땅을 파고 찾았는데…… 찾지
못했어요…… 그래요, 알아요, 아들은 늘 어머니를 버리
죠. 아버지를 죽이고요…… 그런 게 인생이에요…… 하지
만 저는, 그래서 괴로워요…… 다른 사람들은, 그렇지 않
은데……

빈집이 쩌렁쩌렁 울렸다. 김이 자기도 모르게 토해내듯 육성
을 높이고 있었다. 애원하고, 달래고, 흐느끼고, 숨이 가빴다. 김
은 제 소리에 놀라 숨을 죽였다. 창가에 드리운 나무들이 관객처
럼 서 있었다. 김은 원래 펼쳐져 있던 대로 책을 돌려놓았다. 시간
을 확인했다. 이십 분이 훌쩍 경과했다. 김은 독서대에서 창가로
몇 걸음 뗴었다. 열어놓은 창문으로 파도 소리가 가깝게 들려왔
다. 햇살이 강렬했다. 정오 무렵이었다. 쏟아지는 빛에 저절로 눈
이 감겼다. 김은 그대로 서서 물결치는 소리를 귀담아들었다. 눈
꺼풀 새로 검붉은 빛줄기가 비집고 들어왔다. 이내 머릿속이 하
얘졌다. 파도 소리뿐, 새소리, 바람소리, 아무 소리도 들리지 않
다. 별것 아닌 것 같던 파도 소리가 점점 커져서는 귓속을 채우고
빈집의 고요를 잠식했다. 재킷 주머니에서 스마트폰이 부르르 떨
었다. 메시지 도착 알림이 울리지 않았다면, 그대로 깜빡 졸 뻔했

다. 발신자 번호가 낯설었다. "아버님 금일 오전 10시 50분 별세. 흑석동 J대학병원 영안실. 곽규희 드림" 김은 발신자 이름을 건조한 눈빛으로 바라보았다. 그러다 층층이 밀려오던 파도가 굉음을 울리며 한차례 세차게 귀청을 때리듯 번쩍 정신을 차렸다. 시간을 확인했다. 삼십팔 분이 경과했다. 김은 위아래 층을 오르락내리락하며 열었던 창문들을 닫았다. 마지막으로 거실에 이르러 창밖으로 눈길을 던졌다. 뜰아래 쪽으로 깎아지른 바위가 눈에 들어왔다. 절벽이 너무 가까이 있었다.

*

김이 닥터 송의 집에서 소요한 시간은 사십오 분. 「의자들」에 개인적으로 십오 분이 소요되었다. 김은 대문을 잠근 뒤, 우편함을 열어 우편물을 수거했다. 그리고 자동차 문을 열고, 운전석에 걸터앉아 닥터 송에게 간단한 방문 기록과 견적을 전송했다. 사흘 전, 김에게 현장 사진과 주소를 건네주면서, 처치 곤란한 물건을 맡기듯 난감해하던 닥터 송의 얼굴이 떠올랐다. 이 집은 그의 노부모가 십여 년간 세상과 절연하고 여생을 보내다 그에게 남긴 유산이었다. 닥터 송은 매각을 원했으나, 극심한 경기 침체로 매물로 내놓은 지 일 년이 지나도록 단 한 건의 문의도 들어오지 않았다. 김은 「의자들」이 펼쳐져 있는 이층 서재 쪽을 올려다보았다.

노부부가 자신을 내려다보고 있는 것 같은 기분이 들었다. 희곡을 통독한 것은 처음이었다. 글자가 많지 않고, 대사로 이루어져서 단숨에 읽었다. 김이 파악한 내용은 이러했다. 구십사 세, 구십오 세 노부부가 매일 빈 의자를 번갈아 놓으며 세상 사람들을 초대하고 대화를 한다. 그런데 정작 의자에 와 앉는 사람은 아무도 없다. 노부부의 삶은 굴욕과 실패의 긴 세월이었다. 그들은 자신의 삶을 해명하기 위해 상상의 파티를 연다. 그들이 초대한 손님들은 각계각층 사람들이다. 물론 그들이 실제로 등장하지는 않는다. 노부인과 노인은 보이지 않는 우체부와 악수를 하고, 보이지 않는 은행가를 격식을 갖추어 맞이하는 식이다. 의자가 바뀔 때마다 초대객도 바뀐다. 의자는 우체부가 와 앉으면 우체부의 의자가 되고, 은행가가 와 앉으면 은행가의 의자가 된다. 의자가 곧 그 사람이다.

김은 『의자들』을 읽었을 뿐인데, 닥터 송의 노부모가 어떤 사람들이었는지 조금은 알 것도 같았다. 그들은 「의자들」 공연을 되풀이하며 하루의 생을 보냈을 것이다. 그렇게 파도 소리를 들으며 떠오르는 태양과 스러지는 석양 속에 생의 희미한 기억을 남김없이 표백시켜갔을 것이다. 김은 노부부에게 친밀감마저 느꼈다. 김은 닥터 송의 메시지를 기다리며, 졸업과 동시에 떠났던 도쿄에서의 생활을 떠올렸다. 김은 대학에서 도시재생과 환경을 전공했다. 마침 일본에는 빈집 관리 업체가 우후죽순으로 생겨나는 상황이

어서, 교환학생으로 일 년간 교토에 체류했던 경력으로 어렵지 않게 입사를 했다. 건축사무소와 부동산업체가 공동으로 설립한 EH 르네상스라는 회사였다. 김에게 주어진 일은 인구절벽으로 유령도시가 된 도쿄 외곽과 수도권 소도시의 방치된 점포와 빈집들을 순례하며 조사하고 정리하는 것이었다. 인적 없는 거리, 목조 가옥은 내려앉고, 양철은 녹슬고, 유리창은 깨져 있었다. 하루하루 폐가에 고인 고독과 죽음의 냄새가 폐부 깊숙이 스며들었다. 밤이면 좁은 숙소의 어둠 속에서 습관적으로 자신의 뺨과 허벅지를 꼬집곤 했다. 새벽이면 송곳처럼 단단해지는 젊음이란 것도 부식되어 꺼져버릴 것 같은 나날이었다. 그러나 낯모르는 누군가가 남겨놓고 간 흔적 속에서 뜨겁게 차오르는 감정을 느끼는 경우도 있었다. 눈을 맞춰본 적도, 체취를 맡아본 적도 없는 사람들이었다. 창마다 골목마다 아이들 울고 웃는 소리가 사라진 지 오래였고, 부모들은 느리게 늙어갔고, 자식들은 이 일에서 저 일로, 이 도시에서 저 도시로 떠돌았다. 부모들이 살았던 집은 더이상 자식들에게 유산이 아닌 경비를 들여 관리해야 하는 골칫덩어리, 처분 대상 1호였다. "당장 내일부터 관리해주세요." 닥터 송으로부터 메시지가 도착했다. 김은 "매달 2회, 첫번째와 세번째 수요일 오후 두시 방문"을 알렸다. 그리고 이어 계약서를 전송했다. "확인했고, 이상 없음." 닥터 송은 신속했고, 확실했다. 김은 차에 시동을 걸었다. 인근 식당에서 간단히 점심식사를 할 생각이었다. 그리고 오후 세시와 다섯시, 방문 일정이 두 곳 남아 있었다. 김은 잠시 망설였다. 오후 일정을 취소하고, J대학병원으로 달려가야 할 것 같았다. 방향을 돌리기 전에, 어머니와의 소통이 필요했다. 귀국해서 빈집 관리업을 시작한 지 일 년. 일본의 흐름에 비추어 한국에서 회사가 자리잡으려면 십 년 전후의 시간이 필요할 것이라 생각했다. 시기상조라는 우려도 있었다. 시행착오도 없을 수 없었다. 그런데 의외로 빈집들이 많았다. 김은 서울과 수도권을 집중적으로 관리하면서, 실태 조사 차원으로 일주일에 한 번은 직접 지방을 도는 일정을 잡았다. 러시아나 중국인 소유의 초고층 고급 펜트하우스에서부터 닥터 송의 노부모님처럼 은퇴 부부의 외딴집까지 다양했다. 김은 의뢰인과의 약속을 변경하거나 지연하지 않는다는 원칙을 고수해왔다. 어떻게 할까요? 김은 어머니에게 문자메시지를 작성하다가 지웠다. 어머니는 있는 듯 없는 존재로 소리 없이 움직이고 있을 것이었다. 상복 입은 어머니를 떠올렸다. 왠지 낯설지 않았다.

*

부고를 보낸 곽규희는 김의 양고모였다. 양고모의 부친이 김에게는 양조부였다. 김은 어머니의 전갈을 기다렸다. 어머니의 뜻에 따를 것이었다. 김은 양고모를 만난 적이 없었다. 김이 곽씨 집안의 구성원으로 편입될 때, 뉴욕에서 살고 있었기 때문이기도 했지만, 귀국을 해도 만날 의지나 만나는 의미가 크게 없었다. 서로 무심한 관계로 세월이 흘렀다. 김이 양조부를 만난 것도 아홉 살부터 스무 살까지 손에 꼽을 정도로 적었다. 처음 명절 때면 곽씨 집안 식구들 틈에 끼어 말석에서 차례를 지냈었다. 그러다 고학년이 되면서 시험공부를 핑계로 집에 남아 있거나 외가에 갔다. 그러지 않아도 예민한 성격의 어머니로서는 명절을 치르는 것이 정신적으로나 육체적으로 고단한 일이었다. 김이 편안하게 있어야 할 자리를 마련하느라 내심 신경을 써야 했고, 곽씨 집안 사람들이 김의 부재를 자연스럽게 받아들이도록 해명해야 했다. 둘 중 하나를 하든, 둘 다 하지 않든, 달라지는 것은 거의 없었다. 어머니의 삶은 권리나 자유보다는 의무와 예의에 치중해 있었다. 남들에게는 아무렇지 않은 일이, 어머니에게는 문제가 되었다. 모든 것은 어머니의 과잉된 자의식에서 크게 부풀어올랐다가 시간과 함께 수그러들었다. 어머니는 사흘간 명절치레를 하고 집으로 돌아오면 양조부가 제일 먼저 김의 안부를 물어보셨다고 잊지 않고 전했다. 양조부는 순하고 따뜻한 성정에 호기심이 많고 자신감이 넘치는 분이었다. 황해도 해주에 부모와 친지를 남겨두고 내려온 실향민인 탓에 조상에 대한 죄스러움과 후손에 대한 간절함이 컸다. 처음 어머니 손을 잡고 인사드리러 갔을 때, 양조부는 잃어버린 손주를 감격스럽게 만나 맞아들이듯 어린 김을 덥석 껴안았다. 몇 달 뒤, 양조부는 김씨 성을 바꾸어 곽씨 집안의 아이로 들이고 싶다는 뜻을 밝혔다. 어머니는 한동안 남몰래 가슴앓이를 했고, 추석 명절이 돌아올 즈음 김에게 물었다. "너는 김씨로 살 수도 있고, 곽씨로 살 수도 있어. 어떻게 하고 싶니?" 처음에 김은 어머니의 말뜻을 알아듣지 못했다. 아니 이후로도 오랫동안 그때 그 말뜻을 이해하지 못한 채, 잊고 살았다. 김은 그것이 무슨 뜻인지는 몰라도, 자신에게 무슨 일이 일어나는 것만은 확실히 알 수 있었다. 세계가 바뀌는 것. 김은 본능적으로 낯선 것, 낯선 상황에 대한 기대보다는 두려움을 느꼈다. 김은 오래 생각하지 않고 대답했다. "난, 김씨가 좋아." 그 순간 어머니의 어두웠던 얼굴이 밝아졌다. 어머니는 같은 내용을 두 번 다시 김에게 묻지 않았다. 아마 그때부터였을 것이다. 명절이 돌아올 때면, 외가에 가거나 집에 혼자 남게 된 것이.

김씨가 아닌 곽씨로 살았다면 운명이 바뀌었을까. 대학 시절 개명 간소화법이 실행되었다. 학기마다 친구들이 새로운 이름으로 나타났다. 대개 집안 어른인 조부가 항렬에 맞추어 한자 이름으로 짓다보니, 뜻은 좋으나 어감이 예사롭지 않거나, 너무 구시대적인 이름들이었다. 반대로 부모가 지은 순우리말 한글 이름도 개명의 대상이었다. 유년기에는 독특했으나, 청소년기를 지나 성년에 이르면서, 어울리지 않는 옷처럼, 어색해지는 경우였다. 어떤 이름은 어감도 뜻도 새롭고 좋았으나, 졸업을 앞두고 사주를 보러 갔다가 작명 권유를 받은 경우도 있었다. 그 이름으로 살다가는 단명한다는 것이 이유였다. 딱 한 차례, 성까지 바꾸어 온 여자 동급생도 있었다. 어머니의 재혼에 따른 의부의 성을 수용한 결과였다. 그러나 근래 일어나는 개명 바람은 부모에게서 받은 용모의 일부분을 보완하거나 깎아내는 성형수술과 같은 차원으로 자신을 적극적으로 드러내는 삶의 한 방법이었다. 한국인들이 선호하는 이름들이 있었다. 이름에 민감했던 김은 매년 발표되는 선호 이름들을 눈여겨보았다. 최근 십 년간 한국인들이 가장 선호하는 남자 이름은 민준, 여자 이름은 서연이었다. 김이 어릴 때부터 만난 친구들 중에도 다수의 민준과 서연들이 있었다. 사실, 김의 생부도 개명은 아니지만 희성과 형진이라는 두 개의 이름으로 살았다. 역시 단명이 이유였다. 희성은 집안 식구들끼리 부르는 이름이었고, 형진은 호적상의 이름이었다. 생부는 초등학교에 들어가면서 이름에 혼란을 겪었다. 집안에서도 집밖 골목에서도 희성으로 불렸던 것이 학교의 경계를 넘으면서 형진으로 불리게 된 것이었다. 생부는 첫 출석으로 자신의 이름이 불려질 때 대답을 못했다. 키가 작고 왜소해서 존재감이 없었던데다가 자주 대답을 놓쳐서 선생님으로부터 주의를 받았다. 어머니는 형진이라는 이름의 사내를 만났고, 희성이라는 이름으로 부른 적이 없었다. 그러나 김씨 집안 사람들은 생부가 죽을 때까지 철저하게 희성으로 불렀다. 생부는 두 세계에 익숙해졌다. 그러나 어머니는 희성이라 부르는 김씨들 사이에서 마치 다른 사람인 것처럼 생부에게 이질감을 느꼈다. 개명에도 불구하고, 생부의 단명은 막지 못했다. 운명을 바꾸는 것까지는 아니어도 이런저런 가능성으로, 김도 개명의 유혹을 받지 않은 것은 아니었다. 가족 관계 서류를 작성할 때, 군에 입대할 때, 도쿄에서 정신없이 이집 저집 순회하다가 밤늦게 귀가해 침대에 쓰러져 누웠을 때, 체온을 느껴본 기억도, 얼굴을 만져본 기억도 없는 생부를 떠올릴 때, 김씨와 곽씨 사이를 오갔다.

*

전동 블라인드가 올라가자 바다와 대교와 해안선이 파노라마로 펼쳐졌다. 발아래로 까마득하게 요트 경기장이 내려다보였다. 부두마다 좌우로 요트들이 빼곡하게 정박해 있었다. 몇몇 요트들은 흰 돛을 뽐내며 백조처럼 유유히 귀항하고 있었다. 김은 철골과 유리로 건축된 육십이층 건물의 오십구층 유리벽 가까이 서 있었다. 유리가 창과 벽을 겸했고, 바닥은 대리석으로 매끄러웠다. 입주한 지 이 년밖에 안 된 첨단 스마트 환경의 새집이었다. 극도로 절제된 젠 스타일의 실내디자인이 비인간적인 느낌을 주었다. 집이 빈 채로 구 개월이 경과되었고, 그 사연은 알 수 없었다. 집주인은 시베리아 이르쿠츠크에 거주하는 블라디미르 강씨였다. 김은 이르쿠츠크로 견적서를 보낸 뒤, 창가에 서서 대교 너머로 기울어지는 석양을 바라보았다. 양조부 생각을 했다. 지금쯤 할아버지의 체온은 싸늘하게 식었을 것이다. 할아버지 뜻대로 김씨를 버리고 곽씨를 선택했다면, 삶은 어떻게 펼쳐졌을까. 도쿄로 떠날 생각 같은 것은 하지 않았을지도 몰랐다. 고독과 죽음의 냄새가 고여 있는 빈집들을 전전하며 살지 않아도 되었을 것이었다. 김은 생부의 얼굴을 떠올렸다. 김이 알고 있는 얼굴은 어머니가 간직했다가 넘겨준 앨범 사진에서 본 모습들이 퍼즐처럼 엮여서 하나로 각인된 것이었다. 김은 매일 아침 또는 밤, 세안 후 거울을 보면서 자신의 이목구비, 특히 눈동자를 보면서 생부의 흔적을 찾고, 확인했다. 생부는 서른네 살 되던 해 봄 암으로 세상을 떠났다. 사인은 암종증이었다. 모든 암의 최종 종착지는 암종증이었다. 사람들에게는 생소한 병명이었다. 그래서 혹자는 췌장암이라 말했다. 청년다웠던 사내를 사십사 일 만에 순식간에 거둬갈 수 있는 병은 췌장암밖에 없다는 누군가의 말이 한두 사람 입을 타면서 정설이 되었다. 그러나 생부는 췌장암과는 무관했다. 어머니가 들려준 사실이었다. 김은 한때 어서 서른네 살이 되기를 바란 적이 있었다. 서른네 살에 어떤 사내는 한 아이의 아버지였고, 한 여자의 남편이었고, 그리고 사십사 일 만에 생을 접어야 했다. 김이 서른네 살이 되려면 앞으로 이 년을 더 살아야 했다. 석양은 더디게 기울었다. *아들은 늘 어머니를 버리죠.* 낮에 읽었던 「의자들」의 대사가 몸 어디엔가 접혀 있다가 비늘처럼 비죽이 돋아났다.

*

   한강을 건널 때, 어머니로부터 짧게 연락이 왔다. "어디니?" 김
은 강을 건너 정지신호 앞에서 정차중이었다. 유턴과 좌회전이 가
능한 차선이었다. 김 역시 짧게 전송했다. "가고 있어요." J대학병
원은 좌회전하면 오 분 이내, 지척이었다. 김은 어머니와 마주앉
아 대화하거나, 통화하는 일이 드물었다. 집에 머물 때에도 각자
다른 공간에서 카톡으로 대화를 주고받았다. "어떻게 할까요?" 김
은 신호가 바뀌기 직전 메시지를 전송했다. 백미러로 어둠이 들
어차 있었다. 양조부의 장례식장에 도착한다고 한들, 김의 자리
가 없다는 것을 잘 알았다. 김은, 곽씨들 속에서, 유령처럼, 있는
듯 없는 존재로 움직여야 할 것이었다. "오늘 와도 되고, 내일 와
도 된다. 형편 되는 대로." 어머니는 늘 그런 식이었다. 선택권을
늘 김에게 주었다. 언젠가부터 그것이 김을 괴롭혔다. 선택할 수
도, 선택하지 않을 수도 없는 상황을 피하고 싶었다. 그래서 어머
니 곁을 떠나고 싶었는지도 몰랐다. 그는 어머니의 뜻과는 다른
선택을 해왔다. 그러나 도쿄에서 깨달은 사실은 끊임없이 두 갈래
로 갈라지는 미로를 비추는 거울처럼, 그가 어떤 선택을 하든, 어
머니로부터 자유로울 수 없었다는 것이다. 반동의 연속. 삶은 절
대적으로 어느 한쪽에 있지 않았다. 모든 것이 너무 가까이 있었
다. "너는 김씨로도 살 수도 있고, 곽씨로도 살 수도 있어. 어떻게

하고 싶니?" 김은 핸들을 돌려 유턴을 했다.

본문의 이오네스코의 「의자들」은 Eugène Ionesco, 「Les chaises」, 『Théâtre1』(Gallimard, 1972)에서 번역, 인용했음을 밝힌다.

순정의 영역

삼계탕 할머니와 할아버지는 해주 출신이라고 그는 말했다. 만난 지 십삼 개월 뒤에 그는 조부모와 부모의 존함을 그녀에게 알렸다. 조부 박현복, 조모 오순정. 부…… 모…… 그날 둘은 혼인신고차 구청에 갔다. 그의 제안이었다. 결혼식 같은 것은 없었다. 그녀의 제안이었다. 그는 아주 어려서 부모를 여의었다. 동료이자 부부였던 그의 부모가 미국 유학중에 안데스 산중으로 지질 탐사를 갔다가 타고 있던 경비행기가 추락하는 바람에 두 살 때 고아가 되었고, 조부모를 부모처럼 여기고 자랐다. 사일구 기념탑에서 멀지 않은 곳에 그의 조부모 집이 있었다. 그는 그 집에서 스물다섯 살까지, 이십삼 년간 살았다. 프랑스 유학 칠 년, 이후 귀국해서 분당과 여기저기에서 살았던 팔 년 동안, 그는 일 년에 서너 번

조부모 집에 갔다. 귀국 직후 서울과 수도권의 여러 대학으로 강사생활을 전전하면서, 거기에 이혼 과정이 겹치면서 발길이 순조롭게 이어지지 않았다. '특별한 일 없으면 오지 말라'는 조부모의 뜻에 따른 것이기도 했다. 특별한 일이란, 외국으로 장기간 떠나거나 함께 살 사람을 데려오는 경우를 의미했다. 오순정 할머니는 육이오 전쟁통에 어머니와 여동생이, 박현복 할아버지는 조부모와 부모가 고향집에 남아, 영영 생이별 상태로 살았다. 그들은 가슴속이 폐광처럼 새카맣게 뚫린 채 무소식이 희소식이라는 믿음을 속절없이 품고 살아온 노인들이었다. 노인들 손에서 자란 그는 노인의 감각에 익숙했다. 반길 때는 격하게 뜨거우면서도 몇 달이고 길어지는 무소식에 안부를 재촉하지 않는 담담함은 실향한 황해도 사람의 정서였다. 그가 파란 철대문 옆에 부착된 벨을 누르자 기다렸다는 듯이 문이 열렸다. 그녀는 그를 따라 대문 안으로 들어섰다. 뜰 오른편에 감나무가 한 그루 서 있었다. 감나무는 지붕 위까지 무성하게 뻗어 있었고, 손바닥만한 잎사귀들이 그늘을 드리워 성하의 땡볕을 가려주고 있었다. 감나무 옆에 이층으로 오르는 계단이 나 있었다. 아래층에는 두 가구가 세를 살고 있었고, 위층에는 그의 조부모가 살았다. 그녀는 감나무는 물론 그 옆 계단까지 분당의 옛집과 너무 흡사해 잠시 넋을 놓고 서 있었다. 착색 판화처럼 과거 한 시기, 사적인 장면이 예상하지 않은 장소에서 재현되고 있었다. 분당의 옛집은 남편 없는 집안의 가장이었던 그녀의 엄마가 처음 마련한 집이었다. 그녀는 초등학교에 입학하던 봄부터 졸업하던 겨울까지 육 년간 그 집에 살았다. 그 집도 처음엔 단층집이었는데, 집에 관한 한 빛과 바람이 잘 들어야 한다고 믿었던 엄마의 지론에 따라 거실과 창을 넓게 설계해 이층을 올렸고, 아래층은 세를 주었다. 계단의 위치와 높이도 두 집이 판박이처럼 같았다. 그가 계단을 밟고 올라갔고, 그녀도 뒤따랐다. 계단을 밟고 올라가는 동안 그녀는 분당 옛집의 계단을 밟는 기분이었다. 고속도로 변의 주택가였던 마을도 그녀의 옛집도 흔적 없이 사라지고 그 자리에 고층아파트들이 들어선 지 오래였다. 계단 끝에 이르러 그가 고개를 돌려 그녀를 내려다보았다. 그녀와 눈이 마주치자 웃어 보였으나, 긴장하고 있는 듯했다. 그녀는 마지막 계단을 올라 숨을 고르며 주위를 일별했다. 오래된 골목 네거리 풍경이 한눈에 들어왔다. 전신주와 줄지어 선 은행나무와 가로등. 골목을 사이에 두고 초등학교의 긴 담이 이어져 있었다. 나중에 그에게 들은 바에 따르면, 조부모의 집은 처음 이사왔을 때나 지금이나 달라진 게 거의 없었다. 그러나 비슷한 크기와 구조로 담을 맞대어 골목을 이루던 이웃집들은 재개발 업자들에 의해 신속하게 다세대주택으로 탈바꿈했다. 그의 조부모 집만이 사십 년 세월을 짊어진 채 고립된 성채처럼 변화와 맞서고 있었다. 그는 현관문을 열기 전에 속으로 셋을 세고는, "할머니 할아버지, 저 왔어요!" 하고 외쳤다. 마침 현관 옆 괘종시계에서 정오의 종이 울

리기 시작했다. 할머니는 부엌에서 삼계탕을 끓이고 있다가, 할아
버지는 건넌방 책상에서 문중 자료를 들여다보고 있다가 현관으
로 달려나왔다. 할머니는 젖은 두 손을 닦을 새도 없이 그를 얼싸
안았다. "어서, 어서 오라, 내 새끼, 내 보물단지!" 할머니의 목소
리와 제스처가 유별나게 커서 그녀는 깜짝 놀랐다. 목소리에 이북
억양이 뼈처럼 박혀 있었다. 그가 할머니 품에서 빠져나오며 그녀
를 슬그머니 앞으로 밀어 세우자, 할머니는 그녀의 얼굴을 투박
한 두 손으로 덥석 감싸쥐며 쪽, 소리가 나도록 뺨에 입을 맞추었
다. 그녀는 얼떨결에 당한 입맞춤에 당황했고, 표정을 감추려 할
아버지 쪽을 바라보았다. 할아버지는 아주 오랜만에 구경하는 거
침없는 환대라는 듯 싱글벙글 웃고만 있었다. 닭살은 푹 익어 부
드러웠고, 국물은 진했다. 숟가락을 들면서 할아버지는 새 식구를
맞이할 때면 할머니가 삼계탕을 끓인다고 말했다. 넷은 빙 둘러앉
아서 뜨거운 삼계탕을 먹었다. 아들네는 창졸지간에 잃었지만, 두
딸은 약속이라도 한 듯이 아들딸 셋씩 낳고 잘살고 있었다. 큰딸
네는 미국에서, 작은딸네는 뉴질랜드에서 살고 있는데, 처음에는
직장의 해외 파견으로 나갔다가 아이들이 고등학교에 들어가면서
아예 눌러앉았다. 할머니는 미국 고모가 어쩌고, 미국 사촌이 저
쩌고, 뉴질랜드 고모집이 어쩌고저쩌고, 시시콜콜한 것까지 쉴새
없이 그녀에게 들려주었고, 할아버지는 그런 할머니를 제지하려
다가 허허, 하며 웃을 뿐이었다. 그녀는 할머니의 말을 반은 알아

들었고, 반은 흘려보냈다. 할머니는 지칠 줄 모르고 말을 하면서도 닭가슴살을 찢어 그녀의 숟가락 위에 얹어주었다.

해주 전혀 무관하던 어느 고장이 누군가의 인생에 개입하는 순간들이 있다. 할머니는 해주 오씨로 해주에서 태어난 토박이였다. 그녀는 물론, 그녀의 일가친척 중 누구도 해주와 관계가 없었다. 뿌리를 찾아 옛날로 거슬러올라갈수록 그녀의 가계도는 남쪽으로 내려갔다. 한반도 이남, 서남쪽에서 태어나 수도권과 서울에서 학교를 다녔고, 직장생활도 광화문과 홍대 앞을 전전했지 미아리 고개 너머로는 발길이 닿아본 적이 없는 그녀로서는 해주 사람과 인연 맺기는 기적과 같은 일이었다. 하긴, 기적 아닌 연분이 어디 있을까마는, 그녀는 삶이 해주 쪽으로 당겨지는 것 같았다. 그녀가 떠올릴 수 있는 그쪽 사람이 하나 있기는 했다. 해주는 아니었고 그 위 정주였다. 백기행. 정주 출신, 백석이라 불리는 시인. 대학 졸업 직후 그녀는 홍대 앞에 있는 인문학 전문 출판사에 근무했고, 백석 시 전집 편집에 참여한 적이 있었다. 백석의 시들은 엮은이의 해설 없이는 그녀가 제대로 읽을 수가 없었다. 시에 펼쳐지는 화자의 마음과 화자를 둘러싼 정황은 짐작할 수 있는데, 편편이 박혀 있는 낯선 어휘들은 도무지 무슨 뜻인지 알 수 없는 것들이 많았다. 그녀는 외국 시를 해독하듯 엮은이의 해제를 확인하며 교정을 보았다. 오순정 할머니와의 만남은 그녀의 기억 저편에 가라앉아 있던 백석이라는 낯설고도 정겨운 사람을 불러내기에 충분했다. 할머니의 기습 키스가 처음엔 당혹스러웠다가 가만히 생각할수록 웃음을 자아냈다. 그녀는 서가 어딘가에 꽂혀 있을 시집을 찾았다. 그것은 맨 아랫단 구석에 숨어 있듯 박혀 있었다. 몇 년간 한 번도 손을 대지 않아서 먼지가 두툼하게 앉아 있었다. 책을 출간하면서 연구자의 해설을 바탕으로 보도 자료를 작성하느라 공을 들였던 기억이 생생했다. 초보 에디터 시절이었다. 「여우난골족」「박각시 오는 저녁」「흰 바람 벽이 있어」「가즈랑집」「모닥불」. 대부분 서북방 뭇사람들의 정서와 말씨가 화인火印처럼 새겨져 있었다. 그녀는 시집을 주욱 훑어보고는 제자리에 다시 꽂았다. 말씨는 그 사람의 체취, 음색, 성향, 태도와 관계되었다. 충청남도 보령 출신인 그녀의 엄마는 스무 살까지 고향 마을에 살았으나 평생 반듯한 서울 말씨를 썼고, 가끔 친정 식구들과 전화 통화를 하거나 친정에 내려갔을 때는 그곳 말씨를 썼다. 오순정 할머니의 말씨는 한번 들으면 잊을 수 없을 정도로 태생지 억양이 강했다. 열아홉 살에 해주를 떠나왔으면서도 해주 말씨를 고수하고 살았는데, 억세면서도 다정하고, 다정하면서도 대쪽 같은 성정과 말씨가 주위를 압도한다는 것을 할머니만 몰랐다.

계단과 아이 그의 조부모 집에 다녀오고 얼마 지나지 않아 그녀는 계단 꿈을 꾸기 시작했다. 그의 조부모는 기어이 계단 아래 감나무까지 힘겹게 내려와서 그녀를 배웅했다. 그러고는 두 손과 두 발을 번갈아 짚고 한칸 한칸 계단을 밟아 올라갔다. 꿈은 한동안 비슷한 장면들로 계속되었다. 그녀의 분당 옛집의 계단인지, 그의 조부모 집 계단인지는 확실하지 않았다. 그곳이 어디든 계단에는 언제나 한 아이가 앉아 있었다. 아이는 누구인가? 그녀는 아이를 아는 것 같기도 했고 모르는 것 같기도 했다. 꿈은 늘 일방적이어서, 아이의 눈빛, 아이의 목소리를 알 수 없었다. 누구를 안다는 것은, 그 사람의 눈빛, 목소리, 사소한 버릇 같은 것을 알고 있음을 의미했다. 그녀는 아이를 보고 있거나, 스치듯 아이의 곁을 지나갈 뿐이었다. 계단과 아이의 영상은 오 초 정도 지속되다가 다시 처음으로 돌아가 무한 되풀이되었다. 그녀는 잠에서 깨어나면서, 영상을 놓치지 않으려고, 한동안 눈을 뜨지 않았다. 같은 꿈이 거듭될수록 아이의 형상이나 장면이 생생해지는 것이 아니라 허공에 스미듯 사라졌다. 그녀는 침대 맡으로 손을 더듬어 스마트폰을 쥐었다. 자취가 묘연해지기 전에 메모 창에 썼다.

 계단이 비어 있다. 아이는 보이지 않는다. 아이가 거기에 있느냐 없느냐에 따라 벽의 넓이가 달라진다. 아이는 감나무에 기대어 서 있거나, 계단 맨 아래에 웅크리고 앉아 있다. 아이가 거기 있느냐 없느냐에 따라 주위의 온도가 달라진다. 가로등은 저물기만큼 어둠을 잠식하고, 아이는 어둠과 빛의 경계에 앉아 시간을 죽이고 있

다. 계단은 빛의 테두리가 끝나는 지점에서 시작되고 나는 아이를 지나 계단을 밟고 올라간다.

눈 속의 사냥꾼 그것은 그녀가 아는 그림이었다. 그냥 아는 정도가 아니라, 그 그림이 전시되어 있는 비엔나의 미술사박물관에서 직접 보았고, 잡지에 단상을 쓴 적도 있었다. 피터 브뤼헐의 〈눈 속의 사냥꾼〉. 어떤 연유인지 알 수 없으나 플랑드르 화파의 그림이 오순정 할머니의 화장대 옆에 떡하니 액자로 걸려 있었다. 물론 복제본이었다. 그 그림이 새삼스럽게 눈에 띈 것은 화장대를 구성하고 있는, 아니 오순정 할머니의 손때가 묻은 가족사진들과는 전혀 어울리지 않는, 어쩌다 잘못 끼어 붙박여 있는 객식구처럼 생뚱맞아 보였기 때문이었다. 〈눈 속의 사냥꾼〉의 출처는 이듬해 여름, 그녀가 두번째 삼계탕을 먹으러 간 날 오후에 밝혀졌다. 할머니는 설거지를 마친 그녀에게 화장대 위에 놓여 있는 사진들에 대하여 장시간에 걸쳐 들려주었고, 다음에 올 때에는 그녀의 사진도 한 장 가지고 오라고 했다. 그녀는 다음까지 갈 것도 없이 스마트폰으로 할머니와 셀카를 찍어 즉석에서 보여주었다. 그러고 나서 〈눈 속의 사냥꾼〉으로 눈길을 돌렸다. 그것은 그가 중학생 때 처음 외삼촌을 따라 유럽 여행을 갔다가 보내온 그림엽서였다. 할머니는 처음엔 어린 녀석이 애틋하기도 하고 기특하기도 해서 몇날 며칠 엽서를 읽고 또 읽었다. 그러다 자세하게 그림을 들여다보게 되었고, '이상하게 마음을 사로잡는 바'가 있어 액자로 만들어 걸어놓았다. 이십오 년 전 일이니, 그때 할머니는 환갑이었다. 그날 이후 〈눈 속의 사냥꾼〉은 봄이나 여름이나 할머니의 삶에서 벗어난 적이 없었다. 그림이 보여주는 세계와는 동떨어져 살아온 할머니를 사로잡고 있는 것은 무엇일까. 그녀는 평소에는 불필요하다고 생각하는 말들을 오로지 할머니와 대화를 이어가기 위해 꺼내곤 했다. 대개 질문의 형식이었다. 이 그림의 무엇이 할머니의 마음을 콱, 사로잡았을까요? 그림이나 사진에서 누군가의 마음을 사로잡는 것, 푼크툼이라 부르는 것이 할머니에게는 어떤 것일까. 할머니는 화장대 맨 아래 서랍을 열더니, 두툼한 사진첩을 꺼내주었다. 거기에는 사진이 아니라 〈눈 속의 사냥꾼〉과 같은 그가 유럽에서 보내온 엽서들이 빼곡히 꽂혀 있었다. 프랑스 태피스트리, 덴마크 도자기, 플랑드르 회화, 헬레니즘 조각, 르네상스 건축물, 에펠탑, 유람선 들이었다. 대개 그녀가 현장에서 직접 보았거나 화집이나 미술사 책에서 본 작품들이었다. 엽서 뒤에는 그가 정성 들여 쓴 글이 희미하게 바랜 채 새겨져 있었다. 연필과 볼펜, 만년필로 쓴 짤막한 안부 편지들이었다. 이십여 장쯤 되었고, 유럽 여러 나라 언어로 그들의 출처가 인쇄되어 있었다. 그들 중에 할머니가 읽을 수 있는 언어는 하나도 없었다. 할아버지는 사범학교를 나와 평생 교육자로 은퇴를 했지만, 할머니는 그 옛날 '계집애'는 학교에 보내지 않는다는 조부의 완고한 교육관으로 학교의 문

턱조차 밟아볼 수 없었다. 매일 한 살 터울 사촌언니랑 문안차 할아버지한테 달려가서는 학교에 보내달라고 조르고 떼썼는데 끝내 보내주지 않았다는 것이었다. 그러니까, 고 이상하게 내 맴을 붙잡는 거이 머이냐 하면……

새덫이 있는 겨울 풍경 〈눈 속의 사냥꾼〉에서 '이상하게 마음을 사로잡는 바'를 요약하면, 할머니의 고향 마을 정취가 세세한 풍경 속에 담겨 있었는데, 특히 산 아래 빙판 위에서 팽이를 치고, 썰매를 타는 아이들은 예닐곱 살 때의 자신을 떠오르게 했고, 그림 오른쪽 맨 아래, 흰 두건을 쓰고 앞치마를 두른 여인은 열아홉 살 이래 만나지 못한 어머니를 연상시켰다. 정지된 시간 속에 오직 기억에 의지해 살고 있는 할머니에게 그 장면만큼 구체적인 것은 없었다. 사냥개를 이끌고 산속으로 사냥을 갔으나 이례적인 폭설로 헛수고하고 빈손으로 귀가하는 사냥꾼들과 그 아래 깨알같이 펼쳐져 있는 삶의 풍경들. 자연의 이변과 역사의 재앙 속에서도 일상은 계속되고, 시간은 흘러간다. 할머니와 나란히 〈눈 속의 사냥꾼〉을 바라보다가 그녀는 브뤼헐의 계절 연작 중의 하나인 〈새덫이 있는 겨울 풍경〉을 간직하고 있는 것을 떠올렸다. 물론 그림엽서였다. 브뤼셀에 출장 갔을 때 사온 것이었다. 그것은 할머니의 〈눈 속의 사냥꾼〉 옆에 나란히 자리잡았다.

시월 아침 투명한 아침햇살이 거실 깊숙이 비쳐들고 있었다. 할아버지는 거실 창가로 옮긴 침대에 누워 있었고, 할머니는 할아버지 옆에서 취나물을 다듬고 있었다. 미국 고모는 할아버지의 투약 시간을 재느라 현관 옆 괘종시계로 눈을 돌렸다. 열시 삼십이분. *야야야, 내 나이가 어때서. 사랑에 나이가 있나요* 할머니는 나물을 다듬을 때면 흥얼거리듯 노래를 불렀다. 흥이 많은 분이었다. *마음은 하나요, 느낌도 하나요. 그대만이 정말 내 사랑인데.* 흥에 겨운 나머지 할머니는 나물을 다듬던 손을 놓고, 가사에 맞춰 동작을 지어가며 노래를 불렀다. 노인정의 노래 강사를 따라 익힌 동작이었다. 작년 이맘때까지만 해도 할아버지랑 손을 잡고 춤을 추곤 하던 노래였다. *눈물이 나네요. 내 나이가 어때서. 사랑하기 딱 좋은 나인데.* 할머니의 노랫소리는 할아버지의 귓불을 스치고 창밖으로 흘러나갔다. 잘린 감나무에서 돋아난 연두색 잎사귀들이 햇빛을 받아 반짝였다. 잘못 본 것인가. 할머니는 할아버지가 노랫소리에 맞춰 고개를 흔든 것 같았다. *어느 날 우연히 거울 속에 비춰진 내 모습을 바라보면서 세월아 비켜라 내 나이가 어때서.* 할머니는 어깨까지 들썩이며 할아버지가 들으라는 듯이 목청을 높였다. 할아버지는 잠든 듯 고요했다. *사랑하기 딱 좋은 나인데.* 할머니의 앙증맞은 제스처에 미국 고모가 여전하시네, 라는 표정으로 입가에 미소를 매달았고, 나물 데칠 물을 끓이기 위해 일어섰다. 그러고는 눈길을 돌려 할아버지 얼굴 위에 하늘거리는 연둣빛을 보고는 창밖의 감나무를 바라보았다. 편안하게도 잠이 드셨네. 미국 고모는 파란 하늘에, 맑게 쏟아지는 햇빛에, 싱그럽게 들고 나는 바람결, 노인의 여전한 흥바람에 감사했다. 그런데 이상했다. 고요해도 이전과는 사뭇 다른 고요함. 미국 고모는 할아버지에게 다가가 숨소리를 확인했고, 할머니는 노래를 멈추었다.

동영상 그녀의 사진 폴더에는 동영상들이 일련번호로 저장되어 있었다. 이십여 개가 넘는 동영상 중에 그와 그녀가 찍힌 것은 없었다. 할아버지의 영상이 셋, 그 외 할머니의 영상들이었다. 할아버지는 할머니의 소원대로 요양원이 아니라 감나무 집에서 일년 남짓 투병하다가 팔십팔 세에 영면했다. 그녀로서는 팔십사 세 할머니가 팔십칠 세 할아버지를 간병하는 감나무 집의 일상이 비현실적으로 보였으나, 할아버지를 향한 할머니의 광기에 가까운 의지는 누구도 꺾을 수 없었다. 할아버지는 영원히 잠을 자고 싶어 했고, 할머니는 그 잠을 절대 허용하지 않았다. 할아버지는 잠을 자게 해달라고 애원하다가 화를 냈고, 할머니는 잠들면 안 된다고 달래다가 화를 냈다. 할아버지의 마지막 염원은 혼자 화장실에 걸어가 변기에 앉아 시원하게 똥을 누는 것이었고, 누구의 방해도 안 받고 편안하게 잠드는 것이었다. 그와 그녀는 매주 감나무 집에 갔다. 같이 갈 때도 있었고, 혼자 갈 때도 있었다. 할머니의 저 마음, 저 행위는 무엇인가. 장례식 기간 동안 할머니는 예상 외로 덤덤했다. 식사도 잠도, 모든 절차도 순리에 따랐다. 나흘 밤 낮 홀쭉하게 초췌해진 것은 그였다. 장례식을 치르고 나서야 그는 그녀가 담은 할아버지의 동영상을 보면서 비로소 혼자 조용히 추모했다. 할머니는 동영상을 보면서 오열했다. 장례식 동안 억눌렸던 울음보가 터져서 영상을 돌리고 돌려 울음이 가실 때까지 기다리는 수밖에 없었다. 할머니는 울다가 웃다가 땅거미가 지도록 할아버지를 보고 또 보았다. 할머니는 동영상 생활자가 되었다. 그녀는 할머니를 만날 때마다 동영상을 찍었다. 할머니는 그녀가 "자, 동영상 촬영입니다"라고 말하기가 무섭게 방송인처럼 즉시 자세를 가다듬고 촬영에 임했다. 일부러 동영상을 찍으러 감나무 집에 간 적은 없었다. 밥상 앞에서, 만두를 빚다가, 묵을 쑤다가, 쑥을 뜯다가, 밤을 줍다가, 입원중에, 퇴원하고 귀가중에, 자동차 안에서, '오순정의 영역'이라고 생각이 드는 순간, 즉흥적으로 찍었다. 폴더 속의 오순정 할머니는 묵을 쑤고, 만두를 빚고, 노래를 부르고, 춤을 추었다. 그리고 한식 때에는 할아버지 묘 위에 주저 앉아 잡초를 뜯었고, 추석 때에는 할아버지 묘역을 둘러싸고 있는 밤나무 아래에서 밤을 주웠고, 한여름에는 병원에 입원했고, 그러는 사이 심장은 인공심장으로 교체되었다. 그녀의 동영상은 '만두 편'을 끝으로 이어지지 않았다.

만두 할머니는 지금 소를 만드느라 한창이다. 배추김치를 종종 썰고 있다. 조금 전에는 온 힘으로 두부 덩어리를 치대어 으깼다. 턱밑까지 숨이 차도록 힘이 들어가는 일이다. 보다못한 그가 자기가 하겠다고 해도 그 일만은 당신이 해야 한다고 맡기지 않는다. 만두는 소를 만드는 사람의 손맛이라고 믿고 있다. 두부를 으깨고, 김치와 돼지고기, 숙주와 당면, 파를 섞고, 다지는 할머니의 손과 팔목은 뭉툭하다못해 울룩불룩 튀어나와 있다. 교장으로 은퇴를 한 할아버지의 온화하고 품위 있는 모습과는 달리 할머니는 손과 팔뚝에 보기 흉하게 굳은살이 배어 있다.

　- 몇 년 동안 만드셨어요?

　- 허허, 몇 년인지 모르지. 한, 오십 년? 거진 한 오십 년 되았갔지.

　- 그럼 삼십오 세 때부터 만드신 거네요?

　- 아니, 그게 아니네, 그러니까니 열대엿 살 때부터니까니, 한 칠십 년, 칠십 년 되갔어, 만두 빚기 시작한 기.

　- 누구한테 배우셨어요.

　- 나? 그전에 우리 엄마가 하는 거이 보고 배왔지.

　- 이게 황해도식이군요.

　- 그래, 황해도식이야.

　- 해주.

—그래, 맞아, 해주. 거기서는 기냥, 만두를 해서 기냥, 겨울에 거춥디 않아. 쪄가지고 기냥, 얼려서두 놓구, 바깥에두 뇌두메는 기냥, 얼어. 취니까. 쪄가지고 광우리로 하나씩 광에다 놓구는 기냥, 보름 내두루 기냥, 할아버지랑 계시니 손님이 오는 게야, 세배 손님들이. 그러면 만두 그렇게 해놓고 기냥, 대접해, 사람들이 오메는……

향토음식 요람에는 황해도를 비롯해 서북도 지역 사람들이 만들어 먹던 만두는 '편수 만두'라 명명하고 있다. 보자기의 네 귀를 잡아 싼 네모난 형태가 주이고, 납작하거나 둥근 형태도 있다. 여름 만두는 채소 위주로 넣어 담백하게, 겨울 만두는 육류를 넣어 푸짐하게 빚는데, 할머니가 해주에서 어릴 적 먹고, 배운 만두는 둥근 모양의 겨울 만두였다. 지역마다 만두의 내용과 형식이 다르듯, 같은 지역이라도 집집마다 겉과 속이 다른 것이 만두이다. 할머니의 만두는 그의 아버지와 고모들이 함께 살았던 때에는 의정부와 수유동 일대에서 집집마다 널리 퍼졌다. 그는, 아버지가 하던 대로, 명절 전후 사흘 동안 할머니의 만두 심부름을 했고, 그것이 그에게는 명절의 가장 중요한 임무였다. 오순정 할머니의 만두 후속편이 내년에 계속될지는 아무도 장담할 수 없었다.

의정부 그녀가 홍대 앞에서 집으로 들어올 때까지, 그는 할머니와 통화중이었다. 할아버지가 저세상으로 떠난 뒤부터 미국 고모는 아침 일곱시에, 뉴질랜드 고모는 저녁 일곱시에 할머니한테 전화를 했다. 그는 매주 일요일 아침 아홉시에 알람을 설정해놓고 할머니에게 전화를 했다. 할머니는 식사부터 잠까지 거실에서 모든 것을 했다. 거실 가운데에는 접이식 이 인상이 놓여 있었고, 할머니는 그 상에서 밥을 먹고, 성경을 읽고, 때로는 깔판을 깔고 화투를 쳤다. 그와 통화 후에는 몸단장을 하고 성당에 갔다. 할머니가 성당에 나가기 시작한 것은 고모들의 독려에 따른 것이었다. 할아버지의 임종을 앞둔 시기였다. 성당의 장례식, 특히 자매님들의 나눔 봉사가 할머니의 마음을 움직였다. 할머니는 평생 처음 책에 쓰인 단어에 대하여 생각하고, 문장의 뜻을 헤아려 외우기 시작했다. 할머니가 그에게 전화를 한 것은 성당에 다녀온 직후였다. 전화를 먼저 걸어오는 경우는, 그것도 일요일 아침에 통화를 하고도 다시 찾은 것은 이례적인 일이었다. 통화는 평소 길어도 십 분을 넘기지 않았는데, 삼십 분째 계속되고 있었다. 의정부 홍할머니가 돌아가셨는데, 의정부 친구들 아홉 중 마지막으로, 이제는 의정부에는 아무도 없다고 애석해하는 내용을 되풀이 전하고 있었다. 그는 조부모로부터 귀가 닳도록 의정부 이야기를 듣고 자랐고, 그중 몇몇은 그녀에게도 자연스럽게 옮겨졌다. 한때 조부모의 집은 일요일이면 의정부 사람들로 꽉 찼는데, 그들 중 대부분은 실향민들이었다. 그들은 여름에는 냉면을 해먹고, 겨울에는 만두를 빚어먹으며, 일박 이일 화투 놀이를 하며 왁자하게 보냈다.

고스톱이 시작되면 그는 농구공을 가지고 운동장으로 나가거나, 책상에서 헤드폰을 껴야 했다. 그가 유학을 마치고 돌아오자, 그들 중 반이 저세상으로 떠났고, 그녀가 처음 그들을 만났을 때는 다섯 사람 생존해 있었다. 그로부터 오 년이 지나자 홍할머니를 마지막으로 오순정 할머니 외에는 생존자가 없었다.

화투 이런 맹꽁이, 아직도 쇼당이 뭔지 몰라! 저녁 일곱시 반이면 틀니를 빼고 잠자리에 드는 할머니는, 혈육들이 와서 일박을 할 때면 열시가 넘도록 화투판을 접지 않았다. 까무룩 내려앉던 기력도 화투판 앞에서는 언제 그랬냐는 듯이 생생하게 되살아났다. 미국 고모와 뉴질랜드 고모는 귀국하는 날부터 출국하는 날까지 체류 일정을 화투 치기에 중점을 두었다. 둘이 함께 오는 경우는 드물었으므로, 할머니는 끼니때 외에는 밤이 늦도록 둘이 앉아 맞고를 치기도 했다. 그와 그녀를 찾는 경우는 짝을 맞추기 위해서였는데, 그나 그녀나 도무지 고스톱 치는 룰이나 셈법에는 젬병이었다. 그래도 그보다 그녀가 좀 나았는데, 아주 아쉬울 때만 할머니는 그를 끼워넣었다. 할머니는 성의 없이 친다고 그를 타박 놓았고, 선무당이 사람 잡는다고 그녀를 경계했다. 그는 뭐든지 애를 쓰지 않으려고 했고, 그녀는 뭐가 되었든 애를 쓰고 보았다. 그는 떠들썩한 분위기에서 한 발 떨어져 있으려 했고, 그녀는 그 분위기 속으로 녹아들려고 했다. 화투는 만두처럼 지역마다 집집마다 규칙이 달랐는데, 할머니는 의정부 쪽에 수유동 쪽을 섞은 오순정법의 창시자였다. 패대기, 폭탄, 피박, 광박, 쇼당. 특히 할머니의 쇼당에는 아무도 못 당했다. 특히 그녀는 도무지 쇼당에 맥을 못 추었다. 할머니가 아무리 설명을 해도 쇼당이 무엇인지 알 수가 없었다. 할머니의 화술에 문제가 있는 것인지, 그녀의 이해력에 문제가 있는 것인지, 화투 치기 경력이 쌓여가도 쇼당 앞에서만은 장님처럼 깜깜했다. 미국 고모에게 쇼당의 발생 조건(세 사람[1, 2, 3] 중 1, 2가 이길 수 있는 팽팽한 상황에 이르러 판에 가져갈 패가 없고, 3이 1, 2가 원하는 패를 쥐고 있는 경우. 어떻게 해도 질 수밖에 없는 3은 패를 공개하고 1, 2가 받을 것인지 타진한다. 1, 2 중 하나가 받으면 패한 사람이 쇼당을 건 3의 몫까지 덮어쓴다. 둘 다 받지 않을 경우 무효판)에 대해서 청해 듣고도 할머니의 쇼당 앞에서 헛갈리기는 매한가지였다. 이런 맹꽁이, 그래서 쇼당을 받을 거야, 말 거야!

프라다 가방 그러니까 그 가방은 그녀의 엄마로부터 온 것이었다. 그녀의 엄마가 다녀가면서 놓고 간 것을 그녀가 들고 할머니한테 갔는데, 크기도 색깔도 생김새도 야무지다고 할머니가 마음에 쏙 들어 하는 바람에 두고 왔다. 할머니는 한동안 가방 이야기로 그녀에 대한 품평을 거듭했는데, 듣다못한 미국 고모가 지난번에 사다 드린 프라다 가방은 왜 사용하지 않느냐고 볼멘소리를 했다. 할머니는 창고로 사용하는 건넌방 벽에 프라다 가방 진품을 먼지가 앉도록 걸어놓고, 모조품을 애지중지 들고 다녔다. 할머니의 취향은 자신에게는 분명했고, 남들에게는 애먹이는 숙제였다.

시집 그녀가 시집들을 챙겨다주기 전까지 할머니는 성경책을 읽고, 쓰고, 외웠다. 할아버지가 돌아가시자, 할머니는 더 맹렬히 화투에 매달렸다. 그것이 정신을 온전히 붙들고 있기 위한 최후의 안간힘이라는 것을 곧 모두 알게 되었다. 화투는 할머니가 티브이 일일드라마보다 더 집착하는 놀이판이었다. 티브이 일일드라마와 화투, 그 둘은 젊을 적부터 할머니 삶의 활력소였다. 기뻐도 슬퍼도 함께했다. 그러나 이제는 그것만으로 온정신으로 살아갈 수 없었다. 자꾸 헷갈리고, 더욱 집요해지고, 아주 멍해지지 않기 위해서는 다른 무엇이 필요했다. 미국 고모는 큰 글씨 성경책을 가져다놓았고, 뉴질랜드 고모는 매달 전래동화 책을 보냈다. 그녀는 시집을 선택했다.

말과 눈물 할머니는 깨어 있는 동안 계속 말을 했다. 새벽에 안면과 왼쪽 팔다리 마비가 와서 대학병원 응급실로 실려간 지 사흘 만에 사 인실 병실 창가에 자리잡았다. 맞은편 창가에 자리잡은 팔십대 노인은 침울하게 창밖을 바라보고 있거나, 소리 없이 울었다. 노인은 경찰관 출신으로 풍채가 건장했다. 팔십 세를 넘긴 얼마 전까지 색소폰을 불었고, 노인정으로 봉사 연주를 다니다가 마비가 와서 앰뷸런스에 실려왔다. 간병인들 사이에 오고간 내용이었다. 병실마다 환자 수만큼 간병인이 자리잡고 있었다. 간병인들은 연변 출신들로 이루어진 협회원들이었다. 환자의 처음과 끝을 단계별로 간병해온 터라, 언뜻 능숙해 보였다. 간병 평가를 잘 받기 위해 애썼고, 평가 등급을 높게 받아야만 대학병원의 간병인 자리를 얻을 수 있었다. 의사의 지시대로 간호사가 움직이는 것처럼 간병인은 간호사의 관장하에 움직였다. 만사를 제치고 서둘러 귀국한 고모들은 처음엔 환자와 간병인 사이에서 혼선을 빚었다. 어디까지 보호자가 해야 하고 하지 말아야 할 일인가. 왼쪽 뇌 손상이면 한없이 눈물을 흘리고, 오른쪽 뇌 손상이면 말을 많이 합니다. 오순정 할머니는 오른쪽 뇌 손상입니다. 전신마비는 뇌와 반대로 진행됩니다. 그러니까 왼쪽 팔과 다리 마비는(의사는 차트를 일별한다), 지금 구십 세이시니까(그가 실제는 팔십팔 세라고 정정한다), 네에, 그렇더라도, 할머니는…… 네에, 생각하시는 대로입니다.

모닥불 할머니는 입원하기 전까지 매일 시를 읽고, 쓰고, 외웠다. 할머니가 어제 병원에서 낭송한 시는 백석의 「모닥불」이었다. (새끼 오리도 헌신짝도 소똥도 갓신창도 개니빠디도 너울쪽도 짚검불도 가랑잎도 머리카락도 헝겊 조각도 막대 꼬치도 기왓장도

닭의 깃도 개터럭도 타는 모닥불) 할머니의 기억은 가장 먼 곳으로 향했고, 고향 해주의 모닥불 타는 저녁이 끝없이 되풀이되었다. 할머니의 곁은 간병인이 지켰고, 고모들은 번갈아가며 오았고, 그녀는 주말 오후에 들러 백석 시를 읽어주었다. 그녀는 한두 단어를 읊고 할머니를 보았고, 한 행을 읊고 나서 다시 할머니를 보았다. (*재당도 초시도 문장門長 늙은이도 더부살이 아이도 새사위도 갓사둔도 나그네도 주인도 할아버지도 손자도 붓장사도 땜쟁이도 큰 개도 강아지도 모두 모닥불을 쪼인다*) 할머니의 기억에는 한 달 전까지 「모닥불」을 외던 사실이 지워지고 없었다. 그녀는 할머니의 기억이 되살아날까 잠시 멈추었다가 넌지시 물었다. 할머니, 개니빠디가 뭐예요? 할머니는 틀니를 빼서 앙다물려진 입술을 오물오물 움직여 개니빠디는 갱애지 이빨이다, 개이빨. (*모닥불은 어려서 우리 할아버지가 어미아비 없는 서러운 아이로 불쌍하니도 몽둥발이가 된 슬픈 역사가 있다*) 그녀는 몽둥발이를 읽다가 발음이 꼬여 그 부분을 재차 읽었다. '어미아비 없는 서러운 아이로 불쌍하니도' 대목에서 할머니가 눈물을 주르륵 흘리는 바람에 호흡이 엉긴 탓이었다. 할머니가 검버섯 번진 뭉툭한 손을 그녀의 얼굴 쪽으로 뻗었고, 어느 결에 그녀의 등뒤에 와 있던 그가 할머니의 손을 맞잡았다.

계단과 아이 한동안 감감하던 계단과 아이 꿈을 꾸었다.

계단에서 일어서려는데 새털처럼 가벼운 그림자가 골목 어귀에서 느껴진다. 이리 와. 나는 식구처럼 다정하게 아이를 부른다. 아이는 화가 나 있는 듯하다. 잠시라도 엄마가 그리운 것이다. 나는 아이를 잘 안다고 느낀다. 아이는 고집이 세다. 쉽사리 나에게 오지 않는다. 이리 와. 나는 손짓까지 한다. 보여줄 게 있어. 아이가 발을 끌며 다가온다. 나는 아이를 번쩍 안아 들고 계단을 올라간다. 골목의 가로등들에 불이 들어온다. 초등학교 긴 담장을 따라 어둠이 내린다. 창문마다 저녁불이 켜진다. 동네가 숨쉬는 고래처럼 살아 움직인다. 아이는 내게 안겨 잠이 든다. 어둠이 걷히고 계단은 조용하다.

감나무 집 네 갈래 골목의 한 귀퉁이, 파란 대문의 감나무 집에서는 하루 열두 번, 정시가 되면 어김없이 괘종이 울린다. 아무도 없는 거실 접이식 이 인상 위에는 성경과 백석 시집이 나란히 놓여 있다.

이 글을 위해서 졸작 「조용한 날들의 계단」(『버스, 지나가다』, 민음사, 2002), 박무부 작사 〈내 나이가 어때서〉, 백석의 「모닥불」(『모닥불』, 이동순 엮음, 솔 출판사, 1998)을 인용했음을 밝힌다.

용인

K는 쿵, 하고 무엇인가가 내려앉는 소리를 들었다.

*

너는 십칠 년 전 여름에 대해 물었다. 봄이라면 몰라도, 여름에 대해 들려줄 것이 없었다. 나는 네게 되물었다. 십칠 년 전 여름은 왜?

*

K는 국도변 버스 승차장에 한 시간째 서 있었다. 햇살이 바늘

끝으로 찌르듯 정수리를 쪼아댔다. 볕을 가릴 수 있는 것이라고는 손뿐이었다. 인터넷 길 찾기 서비스가 알려주는 대로 전철과 시외버스와 마을버스가 순조롭게 목적지까지 데려다줄 것이라고는 생각하지 않았다. 그러나 언제 올지 감도 못 잡고 허수아비처럼 국도변에 서서 기다리고 있게 될 줄은 몰랐다.

일요일이었지만, K는 평일처럼 아침에 일어나 집을 빠져나왔다. 열대야로 시달렸던 탓에 삼촌네 식구들은 모두 곯아떨어져 코를 골았다. K는 작별이라도 하는 사람처럼 잠든 식구들의 얼굴을 찬찬히 돌아보았다. 그러나 K는 노을빛이 사라지면 다시 그들 곁으로 돌아올 것이었다. 스무 평 남짓한 아파트는 꼭 들어맞는 붙박이 옷장처럼 식구 넷이 살기에 빈틈이 없었다. 숙모와 삼촌, 그리고 그들의 건장한 두 아들은 K를 위해 각자의 영역을 조금씩 좁혀야 했다. K는 서울에서 기거할 곳이 필요할 때면 굳이 비좁은 그 집으로 기어들어가 그들과 붙어살곤 했다. 그것은 쇠붙이가 자석에 반응하는 것과 같은 이치라고 K는 생각했다.

예정대로라면 지금 K는 서울로 돌아가는 시외버스를 타기 위해 그 자리에 도착해 있어야 했다. K는 마을버스를 더 기다려야 할지 걸어가야 할지 결정을 해야 했다. 별것 아니라고 생각했던 일이 차츰 중대해지면서 둘 중 하나를 선택해야 하는 피치 못할 순간이

오곤 했다. 지난 몇 년간 K의 삶은 선택의 연속이었다. 둘 중에 하나, 셋 중에 하나, 수많은 것들 중에 하나를 선택해야 하는 상황에 이르면 K는 극도로 예민해졌다. 꼭 그것 때문이라고 단정할 수는 없지만 세 번이나 폐에 구멍이 났다. 흉부외과의사가 짚어준 엑스레이 사진의 형상은 여러 가정들 중 하나일 뿐 진실을 밝혀주지는 않았다.

선택의 최종 도달점은 행복이어야 한다. 3학년 때 담임이었던 스피박의 지론이었다. 국어 전공이었는데, 한때 철학과 대학원에서 스피노자를 연구한 경력을 가지고 있었다. 자신은 겉 다르고 속 다른, 이중적인 내면의 소유자라고 말하는 걸 좋아했다. 냉소적인가 하면 낙천적이고, 주입적인가 하면 선택적이고, 억압적인가 하면 방임적이고, 종잡을 수 없는 때가 많았다. 스피박의 말은 언제나 행복으로 끝났다. 그는 누군가의 시에 나오는 행복, 누군가의 소설에 나오는 행복, 누군가의 자서전에 나오는 행복, 누군가의 철학책에 나오는 행복, 그리고 젊은 시절 일기에 적었던 행복, 매일 누군가의 행복 어록을 그날 기분에 맞춰 읊었다. "세상사에는 좋은 일도 있고, 나쁜 일도 있다. 가장 중요한 것은 행복을 누리는 일이다. 프랑스의 시인 폴 엘뤼아르가 한 말이다." 누구도 스피박의 행복론에 귀를 기울이지 않았다. 그래도 스피박은 지치지 않고 매일 아무도 듣지 않는 어록 낭송을 그만두지 않았다. 신넘이 없다면 할 수 없는 노릇이었다. "누구나 고통을 참을 수 있다. 누구나 행복에 도달할 수 있다. 디오게네스가 한 말이다." K의 옆자리에 앉은 민혁이는 스피박의 행복론에 꼭 장단을 맞췄다. "아, 씨발! 행복은 무슨 얼어죽을!" 수업 시간이나 쉬는 시간이나 엎드려 있기 일쑤인 민혁이가 하루 중 빛을 발하는 순간이었다. "행복을 추구하는 것. 거기에는 진정한 반항 정신이 깃들어 있다. 누가 말했냐? 알 거 없다. 스피박한테 들었다." 안 듣는 것 같아도 듣는 귀가 있게 마련이었다. 스피박의 신앙심이 날로 깊어지는 이유였다. "행복의 유혹을 뿌리치기 힘들 때, 우리의 마음속에 슬픈 감정이 일어난다. 알베르 카뮈." 민혁이의 장단 맞추기가 한 귀로 흘려버리기에는 너무 정확하다 싶었는데, 어느 날 책상 아래로 떨어진 낙서장을 주워주다가 진심을 보아버렸다. 거기에는 스피박의 어록이 깨알같이 적혀 있었다. "행복을 말하는 자는 흔히 슬픈 눈을 가지고 있다. 루이 아라공."

민혁이는 야자 시간 중에 K를 밖으로 불러낸 유일한 친구였다. 운동장에서 가장 으슥한 동백나무 군락 아래에 있는 벤치였다. 밤이 제일 먼저 오는 곳이었다. K가 어쩌다 민혁이 손에 이끌려 따라가면 이미 벤치에는 몇몇 녀석들이 시커멓게 뭉쳐서 기다리고 있었다. 그들이 기다리고 있는 것은 민혁이가 아니라 허리춤에 박혀 있는 '즐거워예'라는 부산 소주였다. 민혁이는 종이컵에 즐거

위예를 콸콸 붓고는 들이대듯 묻곤 했다. "그래서 지금 행복하냐, 새꺄? 아흐, 그노무 향복!"

민혁이가 허리춤에 즐거워예만 끼워온 것은 아니었다. 어느 날 에는 아쉬워예가 있었다. 죽음을 애도할 때 마시는 소주라 했다. 아쉬워예든 즐거워예든 정학의 위험을 무릅쓰고 밤이면 밤마다 옆구리에 끼워 실어나르던 민혁이는 여름방학을 앞두고 학교를 자퇴했다. 풍문에 의하면, 민혁이는 캐나다로 떠났다고도 했고, 배를 탄다고도 했다. K는 행복을 생각할 때면 담임이 신앙처럼 받들던 어록보다는 민혁이의 낙서장이 떠올랐다. 민혁이와는 이 년 내내 같은 반이었는데, 학년이 바뀌는 날 저녁, 민혁이와 단둘이 만난 적이 있었다. K가 한부모 가정 출신이라는 것을 학급의 아이들은 알지 못했다. 그날 민혁이에게는 즐거워예도 아쉬워예도 없었다. 아버지가 파산했다는 것, 어머니가 철골 유리로 지어진 아파트 오십층 유리창에서 바다를 향해 몸을 날렸다는 것, 자신은 어디로도 갈 데가 없다는 것, 뭐 그런 내용이었다. 뉴스에 가끔 나오는 내용이었다. 다만 민혁이의 입에서 흘러나왔다는 것만이 다를 뿐이었다. "씨발, 나는 어떻게 하냐고오!" 민혁이는 두 눈에서 뿜어져나오는 눈물조차 참을 수 없다는 듯이 손바닥으로 눈물 젖은 볼을 철석철석 때렸다. 볼이 불에 덴 것처럼 벌겋게 달아올랐다. K는 민혁이 옆에 서 있을 뿐, 말리지 않았다.

K에게 행복은 불행이 그런 것처럼 선택의 문제가 아니었다. K는 머릿속으로 그려보는 것만으로도 마음이 평온해지는 삶이 있었다. 인구 오만 정도의 소읍에서 애 셋쯤 낳고, 그애들이 자라는 모습을 지켜보며 소박하게 살아가는 것. 열여덟 살 소년이 진로 계획서에 써넣을 만한 내용은 아니었다. K는 선택의 마지막 계단을 선점하기 위해 누군가를 제물로 삼아 아득바득 기어올라갈 생각은 애초부터 없었다. 선택은 외부에서 주어진 강요의 수단일 뿐이었다. K는 선택하지 않고 살아가는 방법을 찾고 싶었다. 그래도 이렇게 예상치 않은 국도변에서 마을버스를 더 기다려야 할지 그냥 개울을 따라 걸어올라가야 할지, 별것 아닌 것 같았던 것이 피할 수 없는 선택사항으로 돌변하는 일이 빈번히 벌어졌다. 맨주먹을 휘두르는 심정으로 K는 발부리에 뒹굴고 있는 돌멩이를 오른발로 냅다 차버렸다. 돌멩이는 개울 바닥으로 날아가 퍽 소리를 내며 꽂혔다. 물줄기라고는 찾아볼 수 없었고, 돌들은 구운 감자처럼 열을 뿜어내고 있었다. K는 부산으로 전화를 걸었다. 선택의 기로에 설 때면 발동하는 습관이었다.

*

너의 전화 목소리 너머로 종류가 다른 차들이 경적음을 요란하게 울리며 지나가는 소리가 들렸다. 교외 변두리 도롯가에서나 들릴 법한 소음이었다. 너는 모처럼 공휴일의 아침잠에 빠져 있어야 할 시간이었다. 이 년 전부터 너와는 주로 카톡으로 대화를 나누었고, 음성 통화는 거의 하지 않았다. 그런데 너는 자고 있으리라는 예상을 깨고 음성 전화를 걸어온 것이었다. 너의 물음은 대결 신청과 같았다. 전투태세를 취하고 긴장감 속에 대응해야 하는 것이었다. 너는 기습 공격의 달인이었다. 금방 대답하기 곤란한 것을 느닷없이 던지곤 했다. 준비가 전혀 안 된 상대로서는 속수무책, 백전백패였다. 숨고르기를 하고 마음을 비우는 수밖에 없었다. 그리고 기억해봐야 했다. 그때, 그러니까 십칠 년 전 여름에너에게 무슨 일이 있었는지. 기억을 떠올리려고 애써야 했다. 〈무엇이든 물어보세요〉 프로그램 담당자처럼 만족스러운 답변을 척척 내놔야 했다.

  그때 너는 세 살에서 막 네 살이 된 어린 꼬마였다. 다행히 그때까지 너는 잔병치레 없이 무럭무럭 자랐다. 그 흔한 감기나 배탈도 없었다. 그런데 한 번은 사흘 밤을 꼬박 샐 정도로 너는 심각하게 앓았다. 망태 자루에 덮씌워진 것처럼 네 이마에서 고열이 가시지 않았다. 이마 위에 물수건을 갈아주느라 밤을 꼴딱 새면서비몽사몽 속에 기도 같은 것을 했다. 아무리 말이 안 되는 엄청난일이 닥쳐도 기도 따위 하지 않으리라 다짐한 지 몇 달 되지 않은 때였다. 기도 행위에 대한 환멸보다는 기도를 향한 태도와 방식, 아니 그보다는 근본적으로 의식의 문제였다. 기도란 마음에서 저절로 우러나 빌어야 하는 것이었다. 그런데 기도를 하려고 두 손을 모으거나, 두 눈을 감으면 맴돌던 생각마저 싹 달아나버리고 전인미답의 행성 표면처럼 삭막한 구球 위에 검푸른 공간이 펼쳐지곤 했다. 너의 이마에 펄펄 끓던 열이 감쪽같이 사라지던 날 아침 깨달았다. 너를 휘감았던 고열은 몸에서 비롯된 것이 아니었다. 그러니까, 그때가 십칠 년 전 여름의 일이었다.

*

석공은 목장갑 낀 손바닥으로 각자刻字를 매끄럽게 공글리며 휘파람소리가 나도록 티끌을 불어날렸다. 그러고는 비스듬히 고개를 들어 K를 올려다보았다. K는 개천을 따라 걸어가려다 발길을 돌려 길을 건너온 참이었다. 술을 한 병 살 생각이었다. 길 건너에 조립식 건물이 두세 채 눈에 띄었다. 마트가 있을 것으로 짐작했다. K의 생각과는 달리 조립식 건물은 모두 석재상이었다. 다듬어지지 않은 암석 덩어리부터 우렁차게 포효하는 사자와 온순하게 서 있는 양 모양의 석상들, 단정하게 글자가 새겨진 비석들까지 마당에는 석물들이 수북했다. 비석들에는 비문이 새겨진 완성품들과 그렇지 않은 것들이 섞여 있었다. 석공은 콧잔등 위까지

마스크를 덮어쓰고 있었다. 눈이 마주치는 순간, K는 뜻밖에도 석공의 눈동자가 아름다워서 놀랐다. K는 얼른 눈길을 다른 데로 돌렸다가 다시 석공에게로 향했다. 석공의 눈동자가 반듯하게 잘생겼다는 것이 이상할 것은 없었다. K는 이번에는 석판에 새겨져 있는 글자들로 시선을 돌렸다. 석공이 물었다. "돌아가신 분이 누구슈?" K는 망설임 없이 아버지라고 말했다. 그렇게 말해놓고 K 스스로도 놀랐다. 마치 준비되어 있던 대답을 뽑아내듯 신속했던 것이다. "장남이슈?" 석공은 하던 일을 계속하며 물었다. 그의 질문 패턴은 한결같았다. 외동이니까 장남이라는 말이 틀리진 않지만 덧붙이기 싫어서 K는 짧게 "네"라고 대답했다. 석공은 K를 다시 힐끗 올려다보고는 "일찍 가셨슈!"라고 찌르듯 한마디 던졌다. K는 이번에는 아무 대답도 하지 못했다. 십칠 년 전의 일이었다. 비석이 필요한 것도 아니고 비문을 새기지도 않을 것이면서 K는 왜 여기 들어와 석공과 쓸데없는 대화를 이어가고 있는지 알 수 없는 노릇이었다. 다만, K는 자신을 이곳으로 이끈 것, 그러니까 쿵, 하고 무엇인가 내려앉는 소리를 들었던 것이 환청이었던가, 씁쓸하게 되새길 뿐이었다. 석공 주위로 돌을 재고 자르고 밀고 파고 닦는 작업실들이 자리잡고 있었다. 귀밑머리께가 희끗희끗한 것으로 보아 석공은 쉰 살 정도 되어 보였다. K는 아버지 나이를 헤아려보았다. 십칠 년 전 봄, K는 세 살에서 막 네 살이 되었고, K의 아버지는 서른넷이 되었다. 누군가의 죽음을 돌에 새기고 있는 석공은 K의 아버지 이름과 유일한 혈육인 K의 이름도 새겼을 것이었다. 누군가는 죽고, 누군가는 그 죽음을 뒷바라지한다. K가 세 살에서 네 살이 되던, 십칠 년 전 봄, K의 어머니는 그가 서 있는 그 자리에서 석공의 아름다운 눈과 마주했을 것이었고, 석공이 묻는 말에 물기 어린 목소리로 대답했을 것이었다. 석공이 아버지의 비석에 제 이름을 새기고 있는 줄도 모르고 K는 동네 놀이터에서 마냥 즐겁게 모래 장난을 하고 있었거나, 텔레비전의 〈텔레토비〉 노래를 따라 부르고 있었을 것이었다. 누군가의 죽음을 돌에 새기고 있는 석공의 등을 내려다보고 있자니 K는 놀이터 모래밭에서 수없이 파고 쌓고 짓고 허물었던 두꺼비집들이 생각났다. K는 등그렇게 등을 말고 앉은 석공의 뒤에서 그의 손 아래 있는 글자를 신경을 집중해서 내려다봤다. 잘못 본 것인지 석공이 공들여 새기고 있는 것처럼 보였던 글자의 형상이 조금씩 사라지고 있었다. "별거 아뉴." 석공은 몇 년 전에 자기 손으로 비석에 새겼던 이름을 공들여 지우고 있었다. 행복을 꿈꾸며 가정을 이루고 살았으나 부득이하게 호적에서 이름을 파가야 하는 경우도 생겼다. 비석에 이름을 새기는 것도, 그것을 말끔히 지우는 것도 석공의 일이었다. 예전에는 뜸했던 일이 요즘에는 다반사라고 석공은 말했다. 그리고 덧붙인 말이 뼈와 뼈가 맞닿듯 견고하게 K의 가슴을 때렸다. "쿵, 하고 봉분이 내려앉을 때쯤, 죽음을 죽음으로 받아들이게 될 거요, 순전히." 봉분이 내려앉는다, 쿵! K는 귀를 의심했다.

"십오 년쯤 되면, 관짝이 풀썩 주저앉고 그 바람에 봉분이 쑥 꺼져버린다오. 그래서 온 거 아니유?" K는 쿵, 쿵, 쿵, 가슴속까지 메아리치던 소리가 관짝이 삭아 내려앉는 소리, 뼈가 삭아 텅 비어버린 관棺의 공동空洞을 덮치는 봉분의 울림이었던가, 혼란스러웠다. K는 석공과 한 사람의 죽음과 관계된 석물石物과 현실적인 비용에 대해 쓸데없는 대화를 진지하게 나누고는 밖으로 나왔다. 석공은 둥글게 등을 말아 앉은 그대로 돌아보지 않았다. 밖으로 나온 K는 쏟아지는 햇빛 때문에 눈이 부셔 앞이 캄캄했다.

*

십칠 년 전 여름, 석재상에 오갔던 일이 기억난다. 비석에 비문碑文을 새겨야 했다. 원래는 비문을 팩스로 보내주고, 석공이 그것을 기존의 글자체로 새기면 되는 일이었다. 석공이 계속 연락을 해왔다. 묘비명에 들어가는 글자수가 너무 많다는 것이었다. 게다가 흘려 쓴 글자체도 너무 난해하다는 것이었다. 석공은 아름다운 눈을 가진 사내였던 것으로 기억한다. 나에게는 아름다운 것보다 더 잔인한 것은 없었다. 석공의 눈이 아름답다고 해서 이상할 것은 없었다. 국도변의 허름한 석재상 구석에서 누군가의 죽음을 새기고 있는 사내의 눈동자가 너무 반듯하고 진실해 보여서 놀랐던 것이다. 석공의 그 눈은 막 죽음에 처한 얼빠진 사람의 마음을 진정시켜주었다. 벚꽃이 절정이던 봄에 맡겼는데, 한여름에야 완성이 되었다. 비석이 완성되는 날, 폭염이 극성이었다. 너는 눈에 보이는 것마다 알고 싶어 안달하는 네 살 꼬마였다. 비문의 내용이 너무 많아서 석공이 불평을 하든 말든 쾌활하고 명랑했다. 줄지어 선 비석들이 놀이터의 기구들인 양 너는 묘와 비석 사이를 뛰어다녔다. 음식을 차리고 절을 올리는 동안 너의 손을 잡아 멈춰 세웠다. 그러자 너는 다른 한 손으로 비석에 새겨진 글자들을 손가락으로 짚어나갔다. 막 한글을 깨친 너는 세상에는 네가 읽을 수 있는 글자와 그렇지 않은 글자로 나뉜다는 것을 알아야 했다. 너는 비석 측면에 한문으로 새겨진 네 이름을 손으로 짚으면서도 그게 너인 줄을 몰랐다. 너는 네 손가락 끝에 닿는 돌의 까슬까슬한 느낌이 새롭고 좋았을 것이다. 땡볕이 불을 뿜듯이 뜨거웠다. 너의 말랑말랑한 정수리가 걱정이었다. 너는 비석의 앞과 옆, 그리고 뒤의 글자들을 하나도 빠짐없이 손가락으로 훑고 나서도 멈추지 않았다. 네가 할 수 있는 다른 것이 있지 않은 탓도 있었다. 일행들은 간간이 너를 바라볼 뿐, 아무도 너의 행동을 멈추게 하지 않았다. 집으로 돌아와 너는 한낮의 불볕처럼 뜨겁게 몸이 달아올랐다. 열이 펄펄 끓는다고 죽지는 않겠지. 죽음이 뒤통수를 치듯이 전혀 엉뚱하게 닥쳐오기도 하지만 늘 그런 것은 아닐 것이다. 네이마에 물수건을 갈아 얹으며 수없이 되뇌었다. 하지만 아무리 생각해도 후회되는 것은 어쩔 수 없었다. 너를 그곳까지 데리고 가지 말았어야 했다. 너는 절을 하기에도 어린 나이, 네가 거기에서 해야 할 것은 아무것도 없었다. 십칠 년 전 여름, 너에게는 아무일도 일어나지 않았다.

*

K는 개울을 따라 난 길을 바라보았다. 길은 산으로 이어졌고, 일 킬로미터 남짓 거리였다. 그 길을 걸어서 가보기는 처음이었다. K는 오른손에 검은 비닐봉지를 들었다. 방금 길 건너 구멍가게에서 청하와 북어포 하나를 샀다. K는 기분이 좋아졌다. 청하 때문인가? 살짝 입맛이 돌았다. 마음이 싱숭생숭하기도 했다. 십칠 년 전 여름은 왜? K의 어머니는 전화를 끊으려다 말고 뒤늦게 물었다. K의 어머니는 모스크바에 가 있었다. 그러고 보니 여름에 러시아에 간다고 말했던 것도 같았다. 그런데 그것이 지금이 될 줄은 몰랐다. 늘 그런 식이었다. 먼 언젠가가 오늘이 되고, 지금 이 순간이 되어 있었다. 그곳이 어디든 어머니가 있는 곳은 K에게는 늘 부산이었다. K의 어머니는 어제저녁에 모스크바에 도착했고, 세미나에 참석하고 있다고 했다. 늘 그런 식이었다. 며칠 잠잠하다가 연락이 닿고 보면 어머니는 부산이 아닌 다른 곳에 가 있었다. 여기는 통영이야, 지금 막 도착했어. 여기는 야스나야 폴랴나라는 곳이야. 너는 모르는 곳이야. 여기는 캘리포니아야, 어제 아

침에 도착했어. K는 어머니를 누구보다 잘 안다고 생각했다. 그런데 요즘 부쩍 어머니가 다른 사람처럼 낯설었다. 몇 마디 문자메시지만 보고도 음성과 말투가 생생하게 되살아나면서도, 가끔 아니 요즘 부쩍 저 사람은 누구일까, 생소해지는 것이다. 그것은 거울 속의 자신의 얼굴을 들여다볼 때에도 다르지 않았다. 그때마다 K는 노력해도 알 수 없었던 것들을 떠올려보려고 애썼다.

K가 부산으로 전학을 간 것은 열한 살 때였다. 어머니가 부산에 있는 대학에 자리를 잡으면서 이사를 가게 된 것이다. 집은 바닷가 언덕에 있었다. 어디에나 동백꽃이 피었다. K는 그동안 쓰던 서울 말씨를 버리고 부산 사투리를 받아들였다. K는 이미 비슷한 경험이 있었다. 북대서양의 외딴 섬나라에서 학교를 다닌 적이 있었다. 어머니보다 두 배쯤 되는 체구의 교장 선생님이 K의 손을 잡고 다양한 인종들이 모여 있는 교실로 들어갔다. 총알 같은 두 눈들이 모두 자기를 향해 쏟아졌다. 앞이 캄캄하면서도 기분은 최고로 끓어올랐다. K가 자발적으로 선택한 삶이었다. K는 어머니의 취재 기행에 따라갔다가, 그곳에서 살아보는 것도 좋겠다고 생각했다. 며칠 묵었던 그 집에 또래 친구도 있었고, 한국과는 다른 뭔가 한적한 느낌이 마음에 들었다. 그때 K의 나이 열한 살이었다. 어머니는 처음 K가 하는 말이 무슨 뜻인지 이해할 수 없어서 두번 세번 물었다. "여기에서 살아보고 싶어요." K는 또박또박

대답했다. K의 어머니는 판단이 빠른 여자였다. 그리고 지구를 반바퀴 돌아야 닿는 한반도와 북대서양의 외딴 섬나라의 거리를 심각하게 생각하지 않았다. 어머니는 정작 돌발적인 제안을 한 K로서도 믿을 수 없을 만큼 흔쾌한 목소리로, "그래!" 하고 결정했다. 지금 생각해봐도 K는 그때 어떻게 자신이 그런 생각을 해냈고, 어머니는 또 어떻게 자신의 뜻을 존중해 그런 결단을 내렸는지 신기할 뿐이었다. K의 어머니가 언제부터 틈만 나면 짐을 꾸려서 멀리 떠나기 시작했는지 알 수 없었다. K는 캥거루 새끼처럼 어머니와 함께 움직였다. K는 자동차에서, 열차에서, 배에서, 비행기에서 아침과 밤을 맞는 경우가 많았다. K는 흔들리며 나아가는 것들과 속도에 익숙했다. K가 어머니를 따라 멀고 낯선 곳을 돌아다니다 오면 유치원 친구들은 과도하게 K를 반겨주었다. 친구들은 K가 떠나는 날부터 K를 잊었다. 그러다가 한 달 후, K가 볕에 그을린 얼굴로 나타나면 무료한 일상을 뒤흔들어주는 깜짝 선물처럼 환호성을 질렀다. 일제히 자신을 향해 달려드는 친구들의 열광 속에 K는 설명할 수 없는 흥분과 희열을 느꼈다. 비로소 자기가 있어야 할 자리로 돌아왔다는 안도감, 또는 안정감, 그런 것이었다.

*

그러니까 십칠 년 전 그 여름, 너는 대부분의 날들을 경주에서 보냈다. 낮에는 남산 자락 소나무숲에서 신라시대 왕족들이 묻혀 있는 거대한 무덤들 사이를 세발자전거를 타고 빙빙 돌면서 놀았다. 그리고 밤에는 보문호수 물레방아 아래 곰 발바닥 형상의 바윗돌 위를 총총총 뛰어다니며 놀았다. 너는 솔숲에서 놀다가 지쳐 낮잠을 잤고, 밤의 호수를 다녀올 때에는 감겨오는 졸음을 참지 못하고 새근새근 잠이 들기도 했다. 그때 네 눈꺼풀 사이로 무엇이 왔다갔는지 너는 알지 못했다. 무엇이 잠든 네 얼굴을 홀연히 내려다보고 갔는지는 더욱.

  그즈음이었을 것이다. 너는 낮잠에서 깨어나 어린애답지 않게 망연히 앉아 있곤 했다. 내가 너를 안아주며 "꿈을 꾸었니?" 하고 물으면 너는 금세 원래의 명랑한 표정으로 아무 꿈도 안 꾸었다고 말하고는 레고 장난감을 가지러 놀이방으로 달려가는 것이었다. 너는 어느 한구석 그늘이라고는 찾아볼 수 없는 쾌활한 아이였다. 너는 레고 조립에 열중했고, 나는 부엌으로 너의 간식을 가지러 갔다. 너는 매뉴얼대로 차근차근 레고를 조립한 뒤, 다시 차근차근 완전히 해체했다. 그런 뒤에 너는 최소한의 조각으로 차를 조립하고, 배를 조립하고, 비행기를 조립했다. 그리고 아침이면 그들 중 하나를 내 책상 위에 올려놓았다. 네 살짜리 꼬마는 마음 가는 대로 몸을 움직일 수는 있지만, 느끼는 것을 정확하게 설명할 수 없었다. 잠든 너를 위에서 오랫동안 내려다보고 있는 존재가 있음을. 귓불을 스치며 속삭이고 있음을, 손을 뻗으면 잡을 수 있는 거리임을. 너는 보이지 않는 사람의 시선이라든지 신기루라든지 속삭임이라는 표현을, 분명하게 느껴지지만 느끼는 대로 잡거나 보여줄 수 없는 것들을 지칭하는 말을 알지 못했다.

*

K는 지난 이 년 동안 제대로 잠을 잔 적이 없었다. 프랑스의 두 도시에서 지내면서 거처를 세 번 옮겼다. 타국에서 유학생으로 살아간다는 것은 늘 무엇인가 어긋나 있다는 부조리함, 늘 무엇인가가 빠져 있다는 결핍감, 돌아가면 늦을지도 모른다는 막막함과의 싸움이었다. 잠을 자더라도 찬 바닥에 누워 있는 것처럼 가수假睡 상태의 연속이었다. 처음 K를 괴롭히는 것은 밤의 어둠이라고 생각했다. 캥거루 새끼처럼 어머니와 한몸으로 붙어살다가 탯줄을 끊듯 비행기를 타고 이역만리 날아와 낯선 방에서 잠을 청하니 허전하고 불안정할 수밖에 없었다.

불을 끄고 누우면 어둠 속에서 살아나는 것들이 있었다. 어느 때에는 소리가, 어느 때에는 형상이, 또 어느 때에는 아쉬움이나 슬픔 같은 감정이 북받쳐올라 눈꺼풀을 휘어잡고, 귓불을 잡아당기고, 뒤통수를 무겁게 짓누르는 것이었다. K는 불을 켜놓은 채

잠을 청하곤 했다. 어릴 적 K를 열광적으로 반겨주던 친구들은 더이상 없었다. 대신 K에게 여전히 남아 있는 것이라고는 시험과 선택의 연속이었다. 선택 행위를 극도로 꺼리는 K가 이번에도 통 크게 선택한 삶이었다. K는 아침 수업에 늦지 않기 위해 숨이 턱밑까지 차오르도록 학교를 향해 뛰어갈 때면 민혁이의 파편들이 어지럽게 떠오르곤 했다. 제 볼을 패듯이 손바닥으로 때리며 울부짖던 모습, 까맣게 덧칠되어 있던 낙서장의 행복 어록들, 옆구리에 박아오던 즐거워예나 아쉬워예들.

시험이 끝나고 모처럼 클럽에서 술을 마시고 밤늦게 귀가하는 날에는 몸도 마음도 흐물흐물해져서 쉽게 곯아떨어질 것 같았다. 그러나 헛수고였다. K는 어둠 속에서 잠을 청하는 대신 떠오르는 기억들을 무작정 따라가보기로 했다. 기억은 대부분 민혁이가 품고 다녔던 부산 소주들처럼 즐겁거나 아쉬운 것들이었다. 기억의 내용들이 많아질수록 K는 어머니에 대해, 그리고 자신에 대해 묻어두었거나 몰랐던 사실들이 새로운 의미로 되살아난다는 것을 깨달았다. 그것은 단지 기억 행위에 그치지 않는, 자신의 삶을 복원하거나 완성해가는 과정이었다. K는 가장 먼 기억, 그러니까 인간이 기억할 수 있는 최초의 지점을 생각했다. 그것은 잠든 사이 기분좋게 어루만져주던 달빛의 어른거림, 또는 K가 모르는 세상 하나가 쿵, 하고 무너지는 소리였는지도 몰랐다. 내 것인 듯 내 것 아닌, 기억이 배제된 시절의 행복, 또는 불행.

*

K는 개울을 따라 걸어올라가기 시작했다.

스페인 여행

오동나무 꽃이 피어 있는 광장을 매일 지나다닌 적이 있다. 매일이라고 해봤자 꽃 핀 봄 한 철이었다. 꽃이 피기 전까지 내가 매일 지나다니던 나무가 오동나무인지 알지 못했다. 무심했다기보다, 그것이 오동나무건 플라타너스나무건 가로수는 가로수일 뿐이었다. 살아오는 동안 그랬다. "여기에 와서 처음 오동나무 꽃을 보았어요." 꽃이 피었다 하더라도, 노선생이 말하지 않았더라면 오동나무인지 알 수 없었을 것이었다. 꽃은 보라색이었다.

"서른 살 때였네요." 꽃 핀 오동나무 쪽으로 자꾸 뒤돌아보는 내게 노선생이 덧붙였다. 우리는 점심식사를 하기 위해 인근 교육부 건물의 구내식당으로 가던 길이었다. 만나면 주로 이야기를 하는 쪽은 나였고, 노선생은 지그시 귀담아듣는 쪽이었다. 노선생은 늘 붙박이 서가처럼 정해진 시간 자리를 지키고 앉아 있는 사람이었고, 나는 매일 대여섯 시간씩 두 발로 이 골목 저 골목 파리의 밤거리들을 기웃거리며 걸어다녔으므로 늘 이야깃거리가 흘러넘쳤다. 그런데 이번에는 역할이 바뀌었다. "스물네 살에 무작정 파리에 왔고, 방랑을 했고, 시도하는 것마다 안 될 때였죠." 오동나무 아래를 지나면서부터 시작된 노선생의 추억담은 식판을 채워 자리에 앉기까지 계속되었다. 노선생의 식판에는 늘 그렇듯이 세 가지 메뉴가 담겨 있었다. 닭다리에 허브 양념을 얹어 오븐에 구워낸 로티와 오랜 시간 쪄내야 부드럽게 씹히는 반죽 알갱이 위에 소스를 끼얹은 쿠스쿠스, 그리고 악어 등가죽처럼 껍질이 오돌토돌한 열대과일 아보카도 반쪽. 내 것과 같은 것은 하나도 없었다. "처음 비행기를 탈 때에는, 돌아가고 싶어도 갈 수 없고, 그렇다고 머물 수도 없는 날이 온다는 것을 몰랐지요. 오래전 일이네요."

오동나무에만 꽃이 핀 것은 아니었다. 콜레주드프랑스의 뜰에 서 있는 아그배나무에도 꽃이 피었다. 아그배나무 꽃이 만발하니 장관이었다. 꽃이 피기 전까지 뜰에 들어서면 사이프러스나무만이 눈에 들어왔는데, 아그배나무가 무성한 가지마다 연분홍 꽃망울이 활짝 피어 새하얀 꽃잎을 드러내자 뜰은 거대한 꽃다발로 변했다. 바야흐로, 꽃 피는 5월이었다. 모르는 사람이 보면 지나가는 여행자처럼 보일 수 있었지만, 나는 콜레주드프랑스 방문 연구원 자격으로 '사라진 극장을 찾아서'라는 현장 연구를 수행중이었다. 주제와 관련된 대학 연구소를 연구처로 정하는 게 일반적이었으나 노선생의 호의와 배려가 우선적으로 작용했다. 센강 미라보 다리 근처에 거처를 얻었고, 일주일에 사흘 콜레주드프랑스로 출퇴근했다. 카르디날르무안거리에 있는 이 연구소의 정확한 실체는 동양학 분원 한국학 연구소였다. 이곳은 비잔티움과 아시아의 고문서들에서부터 최근 서적들까지 구비되어 있는 열람실로 인도와 티베트, 일본과 중국, 터키와 아랍 등지에서 온 학자들이 모여 각자의 연구를 수행했다. 나는 한국인이기에 한국학 연구소 초청으로 앉아 있기는 하지만, 사실 프랑스 현대문학 전공자이므로 그곳과는 어울리지 않는 이질적인 존재였다.

팡테옹 언덕 기슭의 라틴 구역에 자리잡고 있는 콜레주드프랑스는 오층으로 제한된 건축물로 중앙에 나선형 계단이 놓여 있었다. 담벼락 일부가 로마시대 모습으로 보존되어 있었다. 이 나라 국화인 백합 문양의 걸쇠가 담벼락에 일정한 간격으로 박혀 있었다. 담 너머는 교육부였다. 사이프러스나무 한 그루가 담 가까이 하늘을 향해 솟아 있었고, 그 옆에는 아그배나무가 연분홍 꽃망울을 터트리며 가지를 펼치고 있었다. 사이프러스나무와 아그배나무 사이 등받이 없는 벤치가 놓여 있었고, 나는 그곳에 앉아서 사이프러스나무의 실루엣을 감상하곤 했다. 사이프러스나무는 내 마음의 심상에 따라 다른 모습으로 서 있었다. 어느 날에는 비록 좁은 뜰 가 담벼락 아래 서 있지만 전원 풍경 속 하나의 흐름처럼 서정적으로 보였고, 또 어느 날에는 세상으로부터 자발적으로 한 발짝 비켜서 있듯 고독하게 보였고, 또다른 날에는 태양을 향해 소용돌이치듯 격렬하게 보였다. 어떤 모습으로 변하더라도 내 마음에 새겨진 사이프러스나무의 풍경은 고고함이었다.

내가 주로 시간을 보내는 곳은 삼층 창가였다. 열람실이 복층 구조여서 가운데가 천장까지 시원하게 뚫려 있었다. 그리고 벽면으로 한 개의 층이 수용된 형태였다. 벽을 따라 각 언어권별 사서들의 방이 배치되어 있었다. 그 가운데 노선생의 방이 있었다. 두 층을 연결하는 목재 계단이 설치되어 있었는데, 발을 디딜 때마다 삐걱거려서 아주 신중하게 뒤꿈치를 들고 올라가야 했다. 계단을 다 올라가면 왼쪽 창가에 책상 넷이 놓여 있는 작은 열람 공간이 있었다. 마치 엄마 품속에 들어가 있는 것처럼 내밀한 공간이었다. 그곳에서는 무엇이든지 고요 속에 움트고 뻗어나갈 것 같았다. 그곳에서 보내는 시간의 대부분을 나는 충일감 속에 무엇인가 작업을 했지만, 다섯시가 되어 책상을 정리하고 계단을 내려올 때면 머릿속에서 들끓던 생각들과 손끝으로 빠르게 지나간 문장들은 아득해지고 창가에서 쏟아져들어온 빛의 온화한 느낌만이 남아 있었다.

오동나무 꽃이 뭐라고. 점심식사를 마치고 다시 오동나무 꽃이 피어 있는 뜰을 지나면서 노선생이 혼잣말처럼 한마디 흘렸다. 혼잣말이었으나 무슨 이유에서인지 노기怒氣가 배어 있었다. 자주 파리에 드나들기는 하지만 기껏 한 달, 길어봤자 일 년 머물다 가는 나 같은 떠돌이로서는 짐작만 할 뿐 뼛속 깊이 느낄 수 없는 감정이었다. 노선생에게 엄마 이야기는 하지 않았다. 삐걱거리는 나무 계단을 밟고 올라서자 노선생이 깜박 잊었다는 듯이 속삭이듯 물었다. "그런데, 스페인은요. 잘 다녀왔나요?"

*

스페인에 가려는 계획이 있었다. 그러나 그것은 이 개월 하고 아흐레 동안만 지속되다 말았다. 스페인이 아니라 한국에 다녀왔다는 것을 노선생은 알지 못했다. 타국에서 한 달에 두어 번 만나 점심식사를 하는 사이라면 각별한 관계라고 할 수 있었다. 그러나 나는 노선생에게 엄마의 부음을 알리지 않았다. 타국에서 맞은 엄마의 부음은 지극히 사적인 일일 뿐이었다. 비행기는 깜깜한 밤하늘을 날았고, 산맥과 강과 황야와 바다를 건넜다. 평소 좋아하는 기내 와인을 한 모금도 마시지 않았고, 한순간도 눈을 붙이지 않왔다. 지난 보름 동안 뜬눈으로 대기한 채 밤을 보낸 탓인지 눈꺼풀이 편안하게 감기지 않았다. 비행하는 열 시간 가까이, 정상적인 것인지 비정상적인 것인지 알 수는 없었지만, 사람들이 엄마의 부음을 접하는 방식을 어둠 속에서 되새기고 있었다. 사람들이라고 해봤자, 현실에서 만난 이들이 아닌, 이청준의『축제』나 카뮈의『이방인』같은 소설책에서 읽은 경우들이었다.

오늘, 엄마가 죽었다. 어쩌면 어제, 모르겠다. 양로원으로부터 전보를 받았다. "모친 사망. 내일 장례. 삼가 조의." 이런 것은 아무 의미가 없다. 어쩌면 어제였을지도 모른다.

카뮈의 이 장면 때문이었을까. 엄마의 부음 소식은 낯설지 않았다. 막둥 오라비는 비수처럼 짧게 알렸다. '어머니 2시 30분에 떠나셨다.' 엄마의 부음은 마치 여러 번 읽은 문장이 체화된 것처럼 익숙하기까지 했다. 게다가 나는 아니 에르노라는 프랑스 여성 작가가『한 여자』라는 제목으로 엄마의 일생을 회고한 소설의 부음 장면도 언제든 떠올릴 수 있을 만큼 일상화되어 있었다.

어머니가 4월 7일 월요일에 돌아가셨다. 퐁투아즈병원의 노인 요양원에 들어간 지 이 년째였다. 간호인이 전화로 알려왔다. "오늘 아침, 모친께서 식사를 마치고 돌아가셨습니다." 열시경이었다.

인천공항에 도착하니 날이 저물고 있었고, 길가에는 벚꽃 잎들이 낙엽처럼 뒹굴고 있었다.

*

프랑스에서 스페인으로 가는 방법은 방향에 따라 여러 가지가 있다. 내가 생각한 스페인 행로는 지중해 해안선을 따라 피레네산맥을 통과하는 것이었다. 프랑스 서쪽 끝 페르피냥에서 국경을 넘어 가면 만나는 첫 포구, 포르부로의 여행이었다. 포르부나 페르피냥이나 피레네산맥을 국경 삼아 동과 서로 나뉘어져 있지만, 그곳에 사는 사람들은 오래전부터 파에야 냄비에 해산물 볶음밥을 만들어 먹고 바닷가 포도밭에서 수확한 포도주를 마시는 같은 피, 같은 기질을 가진 사람들이었다. 특히 포르부는 지도에 지명이 보일 듯 말 듯 가장 작은 단위의 크기로 표기되어 있는 포구 마을이었다. 그곳에 가려고 마음을 먹게 된 것은 일요일 퐁피두도서관에 갔다가 서가에서 우연히 뽑아든 한 권의 책에서 시작되었다. 게르숌 숄렘이 발터 벤야민을 추억하며 쓴 『한 우정의 역사』. 나치에 쫓겨 스페인의 이 자그마한 포구 마을 포르부에서 죽은 발터 벤야민을 추도하는 의미로 쓴 이 책의 첫 장을 넘기면 발터 벤야민의 한마디가 박혀 있다. "게르하르트(숄렘), 나는 어쨌든 자네의 이 편지 구절들을 일종의 역사 기록으로 본다네."

　내가 콜레주드프랑스의 서가에 도착해 제일 먼저 하는 것은 오른쪽 유리창으로 들어오는 빛의 흐름을 가늠하고, 편지를 쓰는 일이다. 미국으로, 한국으로, 같은 하늘 아래 파리로, 심지어 몇 발짝 떨어져 있는 복도 왼편의 노선생에게로 편지를 썼다. 엄마가 돌아가셨다는 사실을 끝내 전하지 않고 비행기를 탄 것, 그리고 돌아와서 함께 점심식사를 하면서도 그 사실을 알리지 않은 것에 대하여 생각했다. 방금 꽃 핀 오동나무 아래를 지나올 때, 나는 엄마 생각을 했던가. 나는 엄마의 역사를 한마디로 무엇이라 말할 수 있을까. 엄마가 죽었다. 지난주 어느 날. 나는 이 말을 발설하는 것을 망설이고 있었다. 누가 노인의 죽음에 마음을 쓴단 말인가. 노선생만은 마음이 깊고 따뜻한 사람이니, 애도의 표시도 그와 같을 것이었다. 파리를 떠나기 전에, 아니 어쩌면 몇 시간 뒤 잠깐 휴식을 취하기 위해 뜰에 나가 한껏 꽃망울이 맺혀 있는 아그배나무 앞에서 우연히 마주친다면 불쑥 말해버릴지도 몰랐다. 다가올 오후, 아니 내일, 또는 어느 날, 아그배나무 앞에서가 아니라 아까, 꽃 핀 오동나무 아래에서 말해버릴지도 몰랐다. 스페인에는 가지 못했고, 한국에 다녀왔다고. 그도 저도 아닐 바에야, 큰 소리로 외치면 들을 수 있는 거리에 있지만, 편지를 쓰는 것이었다.

*

  노란 꽃, 언덕의 노란 꽃, 돌무지 틈에, 바람에, 가만가만, 흔들리는 노란 꽃. 나도 모르게 꽃을 향해 손을 뻗었다. 손이 닿지 않아서 발뒤꿈치를 들었다. 노란 꽃에 손이 닿는 순간, 꽃 너머, 언덕 아래가 한눈에 들어왔다. 가파르게 깎아지른 듯 움푹 들어간 포구에 하얗게 파도가 치고 있었다. 순간, 등뒤에서 백이 외쳤다. 그 바람에 손에 힘이 들어가 꽃을 툭, 꺾었다. 꽃대를 받치고 있던 돌무더기가 발아래로 굴러떨어져내렸다. 돌조각을 하나 주워들었다. 붉었다. 등뒤에서, 백이 다시 외쳤다. 자동차는 길가에 세워져 있었고, 백은 빨리 오라는 손짓을 한차례 더 했다. 뛰어가 조수석에 앉자 백이 시동을 걸었다. 귓불에는 찬 기운이 감돌았다. 그러나 유리창으로 쏟아져들어오는 햇살은 따스했다. 자동차가 쏜살같이 언덕길을 달려내려왔다. 국경을 넘었다. 스페인이었다.

*

  스페인에 한번 가기는 가야 했다. 사흘째 국경을 넘는 꿈이 되풀이되었다. 발터 벤야민 전기에서 보았던 흑백사진들이 뇌리에 각인되었던 모양이었다. 파란 하늘 아래 노란 들꽃이 피어 바람에 흔들리는 아름다운 언덕이지만 수많은 희생자들이 피 흘리며 죽어간 곳이었다. 꿈이었지만, 백이 동행한 것이 의외였다. 백은 콜레주드프랑스에서 7세기 원효를 연구중인 사십대 중반의 철학자였다. 그가 언제부터 원효 공부를 시작했는지 말을 했을 텐데 정확하게 기억나지 않았다. 몽소공원 근처 지붕 밑 다락방에 몇 년째 기거하고 있다는 그는 매일 샌드위치를 두 개 싸와서 하나는 점심으로 콜레주드프랑스 뜰에서, 나머지 하나는 저녁으로 국립도서관 지하 식당에서 먹는다고 했다. 유난히 프루스트를 좋아하는 철학자였다.

백을 마지막으로 만난 것은 한 달 전 아그배나무 아래 벤치에서였다. 꽃이 피기 전이었다. 나는 기다리는 전화를 받기 위해 잠깐 뜰로 나갔고, 그는 벤치에 앉아 샌드위치로 늦은 점심을 먹고 있었다. 그날은 내가 프루스트가 유년 시절을 보낸 일리에콩브레에 다녀온 다음날이었다. 나는 가지마다 싹을 틔우고 있는 아그배나무와 그 옆 하늘을 향해 거침없이 서 있는 사이프러스나무를 바라보았다. 일리에콩브레 이야기는 꺼내지 않았다. 어릴 적 프루스트가 뛰어놀던 정원과 마을 한가운데에 있는 작은 성당 이야기, 심지어 그 성당 주교님의 뒤를 따라 종탑까지 올라가 마을 전체를 내려다본 이야기를 해주면, 백은 눈을 휘둥그렇게 뜨고는 먹는 것을 소홀히 한 채 말하고 싶어 못 견딜 것이었다. 나는 프루스트 대신 카페테리아로 가서 커피 두 잔을 사와서 한 잔을 그에게 건네주었다.

이상하게도 백에게는 사람을 끄는 신비로운 힘이 있었다. 어디든 백이 나타나면 사람들이 그를 중심으로 금세 모여들었다. 작고 왜소한 체구였으나 그의 목소리는 쩌렁쩌렁 울렸다. 누군가와 오래 마주앉아 있는 것을 힘들어하는 나 같은 사람에게는 좋은 징조였다. 백과 대화를 나누고 있을 때는 어김없이 사람들이 하나둘 다가오기 때문에 그 틈에 슬그머니 자리에서 일어날 수 있었다. 그와 그들 사이에서 벗어나면서 슬쩍 뒤돌아보면 백은 마치 스포트라이트를 받고 있는 무대 위의 배우 같았다.

*

다급하게 기다릴 일이 없어졌음에도 수시로 핸드폰을 확인했다. 핸드폰은 분신처럼 수중에 있어야 했고, 언제라도 확인 가능하도록 눈앞에 있어야 했다. 엄마가 내가 살고 있는 달맞이 언덕으로 옮겨온 오 년 전부터, 아니 큰오라버니가 살고 있는 일산 호수공원 옆 병원으로 옮겨간 지난해 10월부터 시작된 버릇이었다. 버릇은 더 있었다. 프랑스에 도착하면서부터 시작된 불면이었다. 물론 어제 오늘은 시차 탓도 있었다. 눈을 감으면 마지막으로 본 엄마의 얼굴이 선명하게 떠올라 사라지지 않았다. 밤새 눈을 감

고 있었으나 잠과는 거리가 멀었다. 엄마의 얼굴(정확하게는 데스
마스크)을 보고 있는 것이었다. 엄마는 입을 살짝 벌린 채 기분좋
은 꿈을 꾸며 잠든 아기의 표정으로 웃고 있었다. 달맞이 언덕에
서 늘 보던 모습이었다. 너무 귀엽고 사랑스러운 나머지 두 손으
로 엄마의 얼굴을 감쌌다. 두 손 안으로 엄마의 얼굴이 쏙 들어왔
다. 지난 오 년 동안 어루만지던 얼굴이었으나 차갑게 굳어 있어
서 그런지 낯설었다. 엄마의 얼굴을 감싸고 놓지 않자 큰오라버니
가 '이제 그만' 하고 작지만 단호하게 말하며 내 팔을 잡았다. 경
주 언니가 눈물을 훔쳤다. 조카들이 훌쩍거렸다. 오빠들은 말없이
서 있었다. 나는 눈물을 흘리지 않았다.

*

오후 다섯시 이후에는 주로 골목들에서 시간을 보냈다. 옛 아방
가르드 극장들은 대개 좁고 짧은 골목 끝, 또는 막다른 골목에 은
신처처럼 박혀 있거나 사라지고 없었다. 어제 너무 많이 걸었던
탓에 다리에 모래주머니를 매달아놓은 듯 무거웠다. 마음 같아서
는 라스파유거리 38번지로 다시 가서 확인해보고 싶었다. 파리는
옛것을 쉽게 버리거나 바꾸지 않는 사람들이 살고 있는 곳이었다.
그런데 베케트의 연극 〈고도를 기다리며〉가 초연되었던 극장이
감쪽같이 사라진 것이었다. 그동안 찾아다닌 극장들이 스무 곳 가

까이 되었다. 모두 1950년대 전위 극장들이었다. 이들 중 한 곳은 아직도 찾지 못했고, 세 곳은 극장 대신 다른 용도로 전환되어 운영중이었다.

라스파유거리 38번지. 〈고도를 기다리며〉를 세상에 처음 선보였던 극장에는 외국인을 위한 프랑스어 교습소 간판이 부착되어 있었다. 이십대 초반으로 보이는 외국인 여학생이 입구 계단에 앉아 프랑스어 교재를 들여다보며 담배를 피우고 있었다. 날이 흐렸다. 담배 연기가 사라지지 않고 허공에서 떠돌았다. 이상할 것도 없었다. 전위의 속성은 생명력을 보장하는 것이 아니었다. 오히려 번쩍하고 나타났다가 재빨리 사라지는 것이었다. 아무것도 남기지 않는 것. 라스파유거리 38번지의 파란색 나무문 앞을 서성일 이유가 없었다. 이제는 전화를 기다릴 필요도 없었다.

*

라스파유거리를 따라 발자크 석상이 서 있는 바뱅 교차로 쪽으로 걸어갈 때, 종소리가 울리기 시작했다. 저녁 미사를 알리는 종소리였다. 이 도시에서 내가 제일 좋아하는 순간이었다. 종소리가 느닷없이 한 번, 다시 한번, 그것을 신호로 여기저기에서 한 번, 두 번, 연이어 댕, 댕, 댕, 댕 울렸다. 크고 작고 여리고 웅장하고 길고 짧고 단단하고 투명한 종소리들이 허공에 소용돌이치며 도시와 나를 에워싸며 꼼짝 못하게 했다. 나는 걸음을 멈추고, 종소리의 방향을 알아맞혀보려고 귀를 왼쪽과 오른쪽으로 기울여보기도 하고, 정면으로 두 귀를 곤추세워보곤 했다. 내가 서 있는 지점에 따라, 왼쪽에서 들리는 종소리가 생쉴피스교회의 것으로 뒤늦게 깨닫는 때가 있고, 정면으로 허공을 뒤흔들며 울리는 종소리가 노트르담대성당의 것으로 단숨에 단정할 때가 있고, 오른쪽으로 들리는 종소리가 생제르맹데프레교회의 것으로 저절로 느껴질 때가 있었다. 그곳이 어디든, 종소리가 들리기 시작하면, 성당을 찾아 걸음을 재촉하곤 했다. 그러다가 결국 성당에 도착하면 종소리는 끝나 있었다.

그것은 일종의 추종이었다. 본능이나 기질에서 우러나오는, 무조건적인 것이었다. 종소리가 귀에 닿는 순간, 쏠려가듯 내 몸은 그것을 향해 달음박질쳐 가곤 했다. 그리고 그것은 어린 시절 엄마와 관계된 동작을 연상시켰다. 엄마가 외출했다가 돌아오거나, 학부모 모임으로 학교에 올 때, 또는 하굣길에 정류장으로 나를 마중 나와 있을 때, 저만치 서 있거나 교문으로 걸어오는 엄마를 발견하는 순간, 내 몸은 쏠려가듯 엄마를 향해 달음박질쳐 가곤 했다. 엄마를 향한 달음박질은 유년기를 벗어나서도 변하지 않았다.

그런데 종소리가 들려도 꼼짝할 수 없었던 순간이 있기도 했다. 4월 초 파리도서전에 갔다가 핸드폰을 잃어버렸을 때였다. 삶이 암전되어버린 듯 모든 것이 마비되어버렸다. 기다리는 상태로 살면서 핸드폰은 분신처럼 나와 함께 움직였다. 그것이 눈에 보이지 않으면 불안해서 견딜 수 없었다. 외출을 하다가, 심지어 화장실에 가다가도 챙기지 않아 되돌아온 적이 한두 번이 아니다. 일 분이라도 그것이 수중에 없는 사이 무슨 일이 일어날지 모른다는 극도의 초조감에 시달렸다.

*

세상의 눈물의 양은 정해져 있다.
누군가 울기 시작하면 다른 누군가는 울음을 멈출 것이다.
웃음도 마찬가지이다.

이것은 사뮈엘 베케트의 생각이다. 그는 〈고도를 기다리며〉의 잔인한 지주, 포조의 입을 통해 이 사실을 세상에 알렸다. 베케트의 이 말은 과학자가 실험을 통해 얻은 진리와 같은 것이다. 뜬금없이 베케트가 불쑥 튀어나온 것은 어제 그에게 다녀온 것과 관계가 있을 것이다. 라스파유거리 38번지에서 바뱅 교차로까지 걸어가 같은 거리에 있는 몽파르나스 묘지에 들렀었다. 베케트를 찾아

갔다. 그의 이웃으로 수전 손택이 있었다. 뉴요커인 그녀는 죽어서는 파리에 묻히기를 원했다. 그것도 베케트 가까이. 아들이 유언을 받들었다. 둘의 거리는 오십 미터였다. 산책하기 좋은 날이었다. 뒤라스의 묘지에 다다르면 처음 들어갔던 곳으로 돌아나오는 원점이었다. 폐문 시간을 알리는 종소리에 떠밀려 밖으로 나왔다.

*

스페인이 아니라 한국에 다녀온 뒤 며칠. 기계처럼 아침 아홉시 사십분이면 집에서 나와 샤를미셸역에서 전철을 타고 아홉시 오십오분이면 카르디날르무안역에 내려서 열시 정각에 콜레주드프랑스의 초록색 나무문 옆에 부착된 번호표에서 숫자 넷을 누르고 삐ㅡ, 소리와 함께 나무문을 밀어 열고 뜰로 들어갔다. 기계처럼 움직였지만, 아무 생각이 없었던 것은 아니었다. 머릿속에 맴도는 것이 두 가지 있었다. 엄마의 장례식 동안 눈물을 흘리지 않았다는 것. 노선생에게 엄마의 부음을 말하지 않았다는 것.

날이 갈수록 주머니 속의 송곳처럼 문제가 뾰족하게 드러났다. 뜰의 아그배나무도 사이프러스나무도 눈에 들어오지 않았다. 언덕을 내려가 뤼테스 근처 에콜거리와 쥐시외거리를 왔다갔다했다. 그곳 어디쯤에 뤼테스극장이 있던 것으로 헌책방에서 구한 장 주네 연보의 서지에는 나와 있었다. 연구소와 가까워 생각날 때마다 달려내려가 연세 지긋한 동네 어른들에게도 묻고, 모퉁이 카페 종업원에게도 물어보았다. 하나같이 고개를 저었다. 뤼테스극장은 도둑 시인 장 주네가 〈흑인들〉이라는 전위 연극을 무대에 처음 올렸던 곳이었다. 그동안 찾아다닌 아방가르드 극장들에서 제일 종적이 묘연했다. 아무리 프랑스라고 하지만, 백인 중심 사회에서 흑인들이 백인에게 제의의 형식으로 벌이는 복수극을 기분 좋게 기릴 수는 없었을 것이다. 장 주네의 대표 연극은 〈하녀들〉이었고, 〈흑인들〉 공연은 나도 본 적이 없었다.

*

어느 날이었다. 에콜 거리를 걷다가 카페에 들렀는데, 구석에서 차를 마시던 중년 사내가 스마트폰을 내게 보여주며, 쥐시외거리 29번지에 뤼테스극장이 있다고 알려주었다. 커피를 가져온 종업원과 내가 나누는 대화를 그가 엿듣고 끼어든 것이었다. 인터넷에 나와 있는 정보라고, 가서 확인하라고 덧붙였다. 인터넷 정보라면 확실할 수도 있었고, 아닐 수도 있었다. 나는 이미 인터넷 검색을 통해 뤼테스극장이 사라지고 없다고 알고 있었다. 그렇다면 사라진 극장이 다시 복원된 것인가. 아니면 사라지지 않은 채 존속하고 있었단 말인가. 사내의 말에 반신반의하면서도 나는 단숨에 쥐시외거리로 달려갔다. 29번지. 그런데 극장은커녕 그저 그런 아파트에 불과한 건물만이 싱겁게 서 있었다. 크게 기대를 하지 않았는데도 맥이 빠졌다.

한동안 사라진 극장 순례를 중단했다.

대신 레바논 삼나무에게 갔다.

*

사람이 무엇을 기다릴 때, 내용은 대개 희망 쪽이다. 그러나 오동나무 꽃이 필 때 나에게 찾아온 기다림은 희망과는 거리가 멀었다. 일상에서 가장 잔인한 것은, 그것이 누구의 것이든, 죽음을 기다리는 상태에 놓여 있는 것이다. 엄마가 위중해졌다는 기별과 동시에 나는 대기 상태에 놓였다. 기다림으로 패닉 상태에 이르면 언덕을 내려와 식물원으로 내달렸다. 레바논 삼나무에게 가는 것이었다. 나무는 두 팔로 안을 수 없을 만큼 거대했다. 그 자리에서 사백 년 이상을 살아온 고목이었다. 사백 년이라는 시간을 나는 헤아릴 수 없었다. 헤아릴 수 없다는 사실이 나를 편안하게 했다. 나는 레바논 삼나무의 삶에서 추억할 아무것도 가지고 있지 않았다. 나는 고목에 등을 기대고 앉아 흘러가는 구름을 바라보았다. 엄마에 대한 어떤 생각도 하지 않았다. 좋은 추억도 나쁜 기억도 감쪽같이 삭제된 듯 아무것도 떠오르지 않았다. 그사이 식물원의 봄꽃들이 꽃망울을 터트렸고, 급기야 오동나무 보라색 꽃이 활짝 피었다.

문제는 눈물 때문이 아니었다. 그런 것이 아니었다. 생각해보면, 나는 지난 몇 년간 매일 엄마의 부음을 생각했다. 최초로 엄마의 부음을 생각해야 했을 때, 눈물의 둑이 터진 듯 시도 때도 없이 눈물이 흘렀다. 그날 이후, 엄마의 부음을 생각하는 것은 사랑하는 사람의 생일이나 기념일을 생각하는 것처럼 특별한 일상이 되었다. 엄마의 부음을 생각하며 엄마와 눈을 맞추고, 손을 잡고, 뺨에 입을 맞추고, 편안히 잠드시라 귀에 노래를 속삭여주었다. 몇 번은 진짜 부음을 준비해야 하는 긴박한 순간까지 갔었다. 헤아릴 수 없이 많은 엄마의 부음이 내 가슴을 지나갔고, 나는 어느 경우에도 눈물 따위 흘리지 않게 되었다.

엄마의 영정에 꽃을 바치고 절을 하면서 나는 아무 생각도 하지 않았다. 곱게 화장한 엄마의 얼굴을 두 손으로 감싸고 있을 때에도 나는 한마디 말도 하지 않았다. 사흘 동안 엄마는 절차에 따라 낯설게 변해갔다. 엄마가 항아리 속에서 새로운 삶을 시작하기까지 낯모르는 사람들이 매번 그것이 엄마가 맞는지 확인시켜주었다. 대답을 하면서도 나는 엄마가 엄마인지 알 수 없었다. 엄마를 이름 모를 산기슭에 두고 도시로 돌아올 때 나는 울 뻔했다. 그러나 나는 눈물을 흘리지 않았다. 엄마는 내가 모르는 사람이었다.

*

그리고 일 년이 지났다. 나는 이곳으로 돌아왔고, 아무것도 기다리지 않았다. 기다리지 않아도 봄은 오고, 내가 없는 그곳에는 오동나무 꽃이 피고, 또 졌을 것이다. 스페인 여행은 예정에 없었다.

Bridge

고원高原에서

잔단과 유미트는 그곳을 울굽이라 발음했고, 김란은 위르굽으로
들었다. 그들과 헤어져 혼자 남게 되었을 때, 김란은 시베리아에 가
있는 박하연에게 편지를 보내면서 위르굽에는 동굴이 많다고, 그
런데 지하로 내려가는 것이 아니라 버섯 모양으로 허공에 치솟은
바위들마다 비둘기 집처럼 자리잡고 있다고 썼다. 그리고 지금 자
신이 있는 곳도 그 동굴들 중 하나라고 했다.

김란이 위르굽에 간 것은 잔단과 유미트가 간절히 보여주고 싶
어한 괴암 동굴 때문이 아니었다. 위르굽은 그녀가 포도주를 구할
수 있는 가장 가까운 곳이었다. 위르굽이 아니라면 그녀는 비행기
를 타고 이스탄불로 날아가야 했다. 그렇다고 그녀가 대단한 포도

주 애음가는 아니었다. 주량으로 따지자면 오히려 반대였다. 그녀는 일 년 열두 달 중 열두어 번쯤 포도주를 마셨다. 어느 해에는 그 반에도 못 미쳤다. 그럼에도 그녀는 고원에 도착한 다음날부터 잔단과 유미트에게 포도주를 찾았다. 그곳에 와서 생긴 버릇이었다. 그것은 삼십삼 년 동안 살아오면서 자기 자신도 알 수 없었던 성격의 새로운 측면이었다.

잔단과 유미트는 물을 것도 없이 이슬람교도였다. 그러나 그들은 모스크에 가지 않았고, 아잔 소리에 무릎을 꿇고 엎드려 절을 하지도 않았다. 그래도 돼지고기와 포도주는 일절 입에 대지 않았다. 그들은 국적은 같았지만, 민족은 달랐다. 잔단은 투르크인으로 남부 안탈랴 출신이었고, 유미트는 쿠르드인으로 동부 에르주룸 출신이었다. 대학입시가 끝난 열여덟 살 겨울에 만나 스물네 살에 결혼한 그들은 아나톨리아 중원中原에 위치한 카이세리에 살았다. 그들에게는 에미르라는 세 살 난 아들이 있었다(에미르는 보면 볼수록 에곤 실레의 그림에 나오는 사내아이들과 어딘지 모르게 닮아 있었다). 열흘 전 김란이 처음 만났을 때 그들은 이십 년 장기 저리로 대출받아 구입한 새 아파트에 갓 입주한 상태였다. 김란은 그러려고 간 것은 아닌데(그녀는 한강 다리 난간에 올라가려고 시도한 적이 세 번 있었다), 그들 아파트 문간방에 열흘째 얹혀 지냈다(그녀가 올라가려다 불발로 끝난 한강 다리는 마포대교 성산대교 행

114

주대교였다). 잔단이 투박한 소파 겸용 침대가 놓여 있는 방으로 김란을 안내했을 때(에미르는 잔단의 가랑이를 붙잡고 그 사이로 얼굴을 내밀고 호기심 어린 눈빛으로 김란을 바라보았다), 그녀는 그 방에서 쉽사리 빠져나가지 못하게 될지도 모른다는(그녀는 몇 년째 아무도 모르게 검은 말을 한 마리 키우고 있었다), 어쩌면 겨울까지 맞이해야 할지도 모른다는 예감에 사로잡혔다(그때는 가을 초입이었다). 창밖으로 모스크가 보였고, 새벽부터 밤까지 아잔 소리가 확성기를 타고 울려퍼졌다.

잔단과 유미트는 카이세리에서 김란이 원하는 포도주를 구할 방법이 없었다. 카이세리에는 잔단의 친정 식구 다섯 명을 포함 백만 명이 족히 살고 있었다. 그럼에도 그들은 포도주 한 병 살 수 없었다. 잔단은 눈을 떠서 감을 때까지 김란의 얼굴을 보아야 했고, 근처 어디에서도 포도주를 구할 수 없다고 말해야 했다. 그러나 김란은 단 하루도 포도주에 대해 언급하지 않고는 그냥 흘려보내지 않았다. 마치 포도주를 얻기 위해 내일을 기다리는 여자 같았다. 잔단과 유미트는 위르굽에 가면 포도주가 있다는 것을 알고 있었다. 그러나 세 살짜리 에미르를 십 킬로미터 떨어져 있는 친정집에 맡기고 아침저녁 출퇴근하기 바빴기에 카이세리에서 백 킬로미터 떨어져 있는 위르굽까지 갈 엄두를 쉽게 내지 못했다. 그때 그들에게 거의 동시에 좋은 생각이 떠올랐다. 최근에 발견된 수도사들의 비밀

동굴에 김란을 데리고 가보는 것이었다.

발견된 지 얼마 되지 않아서 탐험대를 조직하듯이 다섯 명을 꾸려 집을 나섰으나, 동굴 속으로 들어간 것은 잔단과 김란, 그리고 잔단의 사촌 에스라였다. 아버지가 군인인 에스라는 아버지를 따라 동굴들에 여러 번 간 적이 있다며 손전등을 들고 앞장섰다. 우람한 체격의 유미트와 잔단의 남동생 아밀은 동굴 폭이 좁아지는 중간쯤에서 되돌아나갔다. 덩치가 그들과 못지않았던 잔단도 동굴이 좁아지는 통에 몇 번 돌아나갈 뻔했으나 그때마다 묘기에 가깝게 몸을 틀어 벽 사이를 통과했다. 뜨거운 숨소리와 거칠게 반복되는 발소리, 간혹 머리 위에서 떨어지는 찬 물방울과 서늘한 습기, 그리고 캄캄한 어둠. 김란은 깊이도 시간도 가늠할 수 없었고, 돌아나가자는 말도 할 수 없었다. 그때 포도주 냄새가 코끝을 스쳤고, 이어 졸졸 흐르는 물소리가 들렸다. 에스라가 소리나는 쪽에 전등을 비추자 동굴 한켠에서 샘물이 흐르고 있었다. 그리고 그 옆에는 포도주를 만들던 흔적이 화석처럼 남아 있었다.

위르굽으로 가는 길에 차창 밖으로 보이는 것이라고는 멀어지는 에르지예스산과 언젠가 그 산이 토해냈다던 불의 흔적으로 뒤덮인 고원 풍경이 전부였다. 잔단과 유미트가 위르굽에 김란을 데리고 간 것은 물론 포도주 때문이었지만, 그들이 애써서 보여주려고 한 것은 바위와 동굴들이었다. 그러나 그들의 기대와는 달리 김란은 기이하다못해 경이롭다고 알려진 자연 형상에 감동을 받은 적이 없었다(그런 면에서 시베리아에 가 있는 박하연과는 생판 달랐다). 그런데 그녀는 동굴에 남았고(그녀는 잔단 없이는 칠면조와 닭처럼 서로 멀뚱멀뚱 쳐다만 볼 뿐 그곳 사람들과 소통할 수 없었다), 그들은 어린아이를 혼자 남겨두고 떠나는 젊은 부모처럼 걱정스러운 눈빛으로 그녀를 바라보았다(김란도 일 년 전 시베리아에 함께 갔다가 자작나무숲에 있는 통나무집에 남겠다는 박하연을 같은 눈길로 쳐다본 기억이 있었다). 그날 밤 그녀는 아주 이른 시간인 여덟시경에 양탄자로 도배하다시피 한 동굴에서 깊이 잠들었다(박하연도 자작나무숲에서 그렇게 몇 년 만에 죽은듯이 잠들었을까). 엄밀히 말하면 그녀가 잔 곳은 오셀로*라는 호텔이었다. 어슴푸레한 새벽에 아잔 소리에 깨어 동굴 밖으로 나갔을 때, 입구 오른쪽 바위에 희미하게 Othello라고 새겨져 있는 것이 보였다. 오셀로라면 연극(주인공) 이름 이외에 들은 바가 없었다. 다른 오셀로라도 있는 것일까? 호텔 주인 이름이 오셀로일까? 오셀로는 울굽이나 괴뢰메처럼 이곳에서는 자연스럽고 흔한 이름일까? 어쨌든 김란은 양탄자로 벽을 도배하다시피 장식한 오셀로 동굴에서 하룻밤을 보낸 뒤, 틀어박혀 떠날 생각을 하지 않았다.

---

* 호텔명 오셀로는 누이 빌제 세이란 감독의 영화 〈윈터 슬립〉에서 차용한 것이다.

고원의 동굴에서 겨울을 보내는 것은 혹독한 동시에 아득했다. 김란은 밤마다 한 마리 검은 말이 동굴 밖으로 달려나가는 꿈을 꾸었다. 그리고 포도주로 말할 것 같으면, 그녀는 여전히 일 년 열두 달 중 열두어 번, 또는 그 반도 못 마셨다.

해운대

이 골목은 낯이 익어. 바다파출소, 소망의원, 해바라기미용실, 카페루카, 여주쌀집, 해운대성당. 골목 입구엔 늙은 소나무가 서 있어. 소나무는 구부정하게 굽은 등으로 나를 업어주던 할머니를 닮았어. 소나무를 지나면 바닷가 이차선 도로야. 선셋모텔, 퀸스모텔, 글로리아호텔, 씨클라우드호텔, 그리고 황금호밀빵집. 나는 빵집 앞을 그냥 지나가지 못해. 빵집은 만구灣口의 두 길 사이에 끼어 있어. 빵집 왼쪽 길은 만灣을 에도는 완만한 곡선이야. 바다로 들고 나는 물은 동백나무숲을 감싸고 흘러. 추락 방지용 펜스가 만을 따라 길과 나란히 둘러쳐져 있어. 사람들은 그 위에 올라가 낚시를 해. 빨간 자전거가 황금호밀빵집 앞에 놓여 있어. 나는 빨간 자전거를 타고 달려. 자전거 위에서 나는 새처럼 날아. 지나가는 낯모르는 사람들에게 콧노래를 부르듯, 안녕하세요, 인사를 해. 해변의 가로등이 켜지고 검은 고양이가 어두운 공원의 벤치 밑으로 기어드는 밤이 다가와. 해변의 모래알, 파도의 포말. 사람들은 둘씩 셋씩 모래알을 밟고 지나가. 한 남자가 나를 향해 걸어와. 나를 보고 웃어. 다정하게 웃어. 남자는 스쳐지나가려는 나를 멈춰 세우고 등뒤에 숨겼던 장미꽃 한 송이를 건네. 나는 남자를 보고 웃어. 다정하게 웃어. 남자는 빨간 자전거를 타고 달려. 나는 한 손엔 장미꽃을 들고, 다른 한 손은 떨어지지 않으려고 남자의 허리를 움켜잡아. 모래 알갱이가 바람에 실려와 뺨에 달라붙어. 파도가 하얀 포말을 거두며 밀려가. 남자가 페달을 밟을수록 헐렁한 흰 셔츠 자락이 바람에 날려. 남자는 단단한 등과 가슴뼈를 가졌어. 나는 남자의 등에 뺨을 대고 눈을 감아.

*

처음엔 도둑고양이인가 했다. G는 자정 무렵 카페 문을 닫다가 길 건너 바다파출소에서 움직이는 물체를 보았다. 그곳은 해안지구대 소속 무인 파출소로 밤새 불이 켜져 있었다. G의 시선을 사로잡은 것은 고양이가 아니라 맨발의 소녀였다. 그 사실을 알기까지 일주일이 걸렸다. G는 매일 밤 같은 시간 카페 불을 끄고 어두운 창가에서 바다파출소 앞을 어른거리는 움직임을 주시했다. 한 소녀가 바다파출소와 소망의원 사이 샛길로 사라졌다. G는 카메라 플래시를 끄고 움직이는 검은 피사체를 찍었다. G가 운영하는 카페루카는 초고층 빌딩들이 우후죽순 줄지어 선 해운대 해변의 뒷골목에 섬처럼 위치했다. 원래 카페는 쌀집 터였다. 인근에 대형 할인마트가 들어서자 시나브로 손님이 끊겨 결국 문을 닫았고, 후미진 골목이라 세가 나가지 않아 몇 해째 방치된 채 거미와 생쥐와 도둑고양이들의 소굴로 변해 흉흉한 모습이었다. 그런데 카페가 문을 열자 어둡고 황폐했던 골목은 막 떠오른 새벽별처럼 신선한 빛을 내며 새롭게 탄생했다. 동네 사람들은 휘둥그레진 눈으로 카페 앞을 서성였고, 행인들은 소소한 불빛에 이끌려 자기도 모르게 골목으로 발길을 옮기곤 했다. 바다파출소는 그가 남미에서 돌아와 카페 문을 열었을 때에는 두 명의 경찰관이 교대로 근무했었다. 그러나 정권이 바뀌면서 순찰지구대 소속 무인 파출소로 전환되어 야간에는 출입문에 작은 자물쇠가 채워졌다. 가끔 G는 카페 문을 닫고 새벽 서너시까지 카페 안 암실에서 사진을 정리하고 글을 썼다. 한두시쯤 긴급하게 바다파출소와 소망의원의 유리문을 두드리는 소리가 들리곤 했다. 물에 젖은 채 축 늘어진 여자를 등에 업은 사내가 소망의원 문을 흔들고 있기도 했고, 산발한 머리에 찢어진 블라우스를 걸친 여자가 쫓기듯 겁에 질려 바다파출소 문을 탕탕 두드리고 있기도 했다. 남자와 다투다가 심하게 맞았거나, 소매치기에게 가방을 털렸거나, 바다에 뛰어든 젊은 여자를 등에 업고 있거나, 무인 파출소와 소망의원을 절박하게 두드리는 이들은 대개 맨발이었다. G는 불이 환하게 켜진 무인 방범 파출소에 홀려 불나방처럼 달려오는 그들을 카페 안 어두운 창가에서 조용히 바라보았다. 이곳 해운대에서는 드물게 일어나는 일이었지만, 그가 머물던 페루의 바닷가에서는 낯설지 않은 풍경이었다.

*

이 건물 입구는 낯이 익어. 저녁식사가 끝난 여덟시에서 아홉시 사이. 해변로 뒷골목 소문난복국집 앞. 검은색 정장 차림의 남자들을 태운 윤기나는 검은색 자동차 몇 대가 십팔층 건물의 일층 주차장으로 줄지어 들어와. 검은색 정장 차림의 남자들은 윤기나는 검은 자동차에서 내려 건물 측면에 나 있는 엘리베이터를 타고 사라져. 엘리베이터의 숫자는 십팔을 향해 한층 한층 올라가. 바다를 향하고 있는 건물의 십팔층 외벽 유리창에는 '이야기'라고 씌어 있어. 가끔 나는 검은색 정장 차림의 남자들이 타고 온 윤기나는 검은색 자동차에 실려 그들처럼 엘리베이터를 타고 십팔층으로 올라가. 엘리베이터에서 내리면 요술 세상에 들어간 것처럼 향기로운 방들이 기다리고 있어. 린 언니는 언제나 파라오의 방을 여왕처럼 당당히 지키고 있어. 린 언니는 다양한 눈빛을 가졌어. 어느 때는 태양빛처럼 뜨겁고, 어느 때는 달빛처럼 은은해. 나는 새벽녘 린 언니가 파라오의 방에서 나와 엘리베이터를 타고 내려갈 때, 초승달 모양으로 흰 눈동자가 샐쭉해지는 슬픈 눈을 좋아해. 린 언니는 그 눈으로 나를 애잔하게 바라보며 내 이름을 물어. 네 이름이 뭐니? 어제도 그제도, 그 어제도 린 언니는 나에게 똑같이 물었어. 나는 이름을 말해주지 않아. 내가 이름을 말해주지 않아도 린 언니는 화를 내지 않아. 나는 누구에게도 이름을 말하지 않아. 사람들은 부르고 싶은 대로 나를 불러. 린 언니는 왕과 여왕들의 방의 주인이고, 나는 꽃과 열매의 방을 지켜. 눈이 예쁜 린 언니와 가슴이 큰 마돈나 언니, 콧대가 높은 유리 언니, 다리가 긴 루비 언니는 바다로 면한 창가에 앉아 사랑스러운 표정으로 이야기를 나눠. 나는 린 언니 옆에 앉아서 그들의 입에서 흘러나오는 감미로운 목소리를 귀담아들어. 언니들의 이야기를 잘 알아들을 수 없지만, 콧소리를 내며 귓속에 속삭이는 듯 사랑스러워. 내가 아름다운 언니들 옆에서 바다를 바라볼 수 있는 것은 린 언니 덕분이야. 린 언니는 가끔 나도 나를 몰라볼 만큼 예쁘게 화장을 시켜 '이야기'로 데리고 가. 그리고 그날의 내 이름을 의미하는 꽃을 줘. 검은색 정장 차림의 남자가 장미, 하고 부르면 나는 린 언니가 준 장미꽃을 가슴에 꽂고 장미 향기가 나는 장미의 방으로 들어가.

*

G는 담배 한 대를 피운 뒤, 따뜻한 코코아를 한 잔 만들어 떨고 있는 소녀에게 건넸다. 의자를 내밀어도 소녀는 지레 겁을 먹고 창가 구석에 쭈그리고 앉았다. 창밖 가로등에서 흘러들어오는 불빛이 소녀의 오른쪽 뺨을 비추었다. 바람과 함께 거세게 쏟아지던 빗줄기가 어느새 멎어 있었다. 소녀는 G가 주말마다 특강을 나가는 L여고 사진반 학생들과 비슷한 또래로 보였다. 그러나 어깨 아래로 내려온 긴 생머리와 까무잡잡한 피부, 새처럼 작고 단단한 상체에 비해 학처럼 긴 다리, 쫓기듯 겁먹은 검은 눈동자는 이질적인 느낌을 던져주었다. G는 소녀의 맨발과 불안정하게 흔들리는 눈빛을 주목했다. 마음을 안정시켜줄 겸 말을 붙여야 할 것 같았다. 이름이 뭐지? 어디에서 왔니? 모두가 잠든 깊은 밤에 왜 거리를 헤매고 다니고 있지? G는 머릿속에서 맴도는 질문을 입 밖에 내지 않고 소녀를 그대로 둔 채 암실로 들어갔다. 소녀에게는 혼자 있을 시간이 필요할지도 몰랐다. 분홍색 원피스를 입은 네댓 살짜리 앙증맞은 여자애가 분홍색 우산을 받치고 비에 젖은 아스팔트 도로 위를 힘차게 내달리는 것을 연속 컷으로 찍은 장면이 암실 컴퓨터 화면에 떠 있었다. 소녀를 카페에 들이기 전까지 G는 L여고 사진반 학생들이 해운대 백사장에서 찍은 사진들을 하나하나 열어보며 정리하고 있었다. 테라스에서 쿵 하고 부딪치는 소리

에 나가보니 한 소녀가 G의 자전거와 함께 넘어졌다가 일어서려 하고 있었다. 어두운 유리문 안에서 자신을 내다보고 있는 G와 눈이 마주치자 소녀는 자전거를 내던지고 바다파출소 쪽으로 달려갔다. 오후에 자전거를 타고 동백섬 앞 단골 빵집에 다녀온 뒤 깜박 잊고 자물쇠를 채워놓지 않은 모양이었다. G는 쓰러진 자전거를 일으켜세워놓고 소녀가 사라진 쪽으로 걸어갔다. 비 그친 새벽 공기가 촉촉하게 코끝에 닿았다.

*

구불거리는 긴 머리의 이 남자는 낯이 익어. 마른 체구에 헐렁한 흰 셔츠를 입고 카페테라스에 나와 담배를 피우곤 했어. 살 없는 얼굴은 구릿빛, 분명 단단한 가슴뼈를 가진 남자임에 틀림없어. 담배 연기를 뿜어낼 때는 해운대성당의 높이 치솟은 흰 탑을 향해 고개를 들어올리곤 했어. 단단한 구릿빛 살갗, 분명 나처럼 가슴속으로 먼 곳을 그리워하고 있는 게 틀림없어. 린 언니가 당분간 일본에 갔다 올 테니 마돈나 언니네 가서 머물라고 했을 때 나는 마돈나 언니네로 가지 않고 무거운 가방을 들고 바닷가를 무작정 걸었어. 파도가 밀려오고 밀려가고. 나는 파도를 따라 바닷가 모래밭을 하염없이 걸었어. 린 언니는 마지막으로 내 이름을 묻고는, 손에 만원짜리 지폐 열 장을 쥐여주었어. 당분간 갔다가 돌아올 거라고 했지만, 나는 린 언니의 말을 믿지 않았어. 내 이름은 호아. 나는 돌아서려는 린 언니에게 입술을 동그랗게 말아서 이름을 말해주었어. 입술만 움직일 뿐 소리가 새어나가지 않아서 린 언니는 내 이름을 들을 수 없었어. 내 이름은 호아. 나는 거푸 말했어. 그래도 내 이름을 알아듣지 못한 린 언니는 이름 같은 것은 몰라도 괜찮다고 내 손을 꼭 잡아준 뒤 검은색 정장을 한 남자의 윤기나는 검은색 차에 탔어. 차문이 닫힐 때 가슴이 철렁했지만 나는 울지 않았어. 할머니와 헤어져 고향을 떠나올 때 울지 않기로 약속한 것을 나는 한 번도 어긴 적이 없었어. 남편은 아버지와 나이가 같은 남자였어. 술을 먹고 들어오면 그는 이유 없이 나를 때렸어. 그가 시내에 나갔다가 오토바이 사고로 죽었을 때, 나는 눈물 한 방울 흘리지 않았어. 그의 어머니는 울지 않는 나를 마구 때렸어. 매를 맞고 맨몸으로 쫓겨나 몇 날 며칠 산을 넘고 강을 건너 이 바닷가까지 걸어왔어. 파란 바닷물을 가까이에서 본 적이 없던 나는 거대한 물결에 넋이 나갔어. 꽉 막혔던 가슴이 뚫리는 듯했어. 내가 본 고향의 강은 황토색 강물이 흘렀어. 나는 광막한 바다를 바라보며 처음으로 눈물을 흘렸어. 태양이 무엇이든 녹일 듯이 머리 위에서 이글거렸어. 서너 명의 젊은 남녀가 맨발로 모래밭에서 공을 가지고 놀고 있었어. 그들은 태양을 등지고 아이들처럼 즐겁게 소리지르며 이리 뛰고 저리 뛰었어. 머리 위에서 삼킬 듯이 번쩍이는 태양빛에 따라 그들의 등뒤로 그림자가 선명

하게 따라붙었어. 나는 그림자들을 열심히 좇았어. 여기는 어디일
까. 그 생각과 함께 앞이 캄캄해졌어. 눈앞에 어른거리는 그림자
를 느끼고 눈을 떠보니 젊은 여자가 나를 가만히 들여다보고 있었
어. 눈이 예쁜 여자였어. 따가운 태양빛을 그녀는 등으로 막으며
나에게 시원한 그늘을 만들어주었어. 여자는 내 입술을 손가락으
로 살짝 만져보고는 공놀이하는 친구들에게 물을 가져오라고 소
리쳤어. 입술이 마른 논바닥처럼 갈라져 있었어. 가슴이 큰 여자
가 물병을 던져주고 갔어. 여자는 내 입술에 물을 축이고 입을 벌
리게 한 다음 조심스럽게 물을 흘려넣어주고는 집이 어디냐고 물
었어. 나는 고개를 흔들었어. 여자는 이름이 뭐냐고 물었어. 나는
입을 꾹 다물고 열지 않았어. 공놀이가 끝났는지 친구들이 여자를
불렀어. 여자는 내 얼굴과 옷차림, 그리고 내가 끌어안고 있는 육
중한 가방을 바라보고는 생각 끝에 "어디 갈 데가 없니?" 하고 물
었어. 나는 그녀를 바라보던 시선을 돌려 바다를 바라보았어. 파
도가 밀려오고 밀려갔어. 여자는 자리에서 일어서면서 함께 공놀
이하던 친구를 불렀어. 달려온 남자는 눈동자가 초록빛이었어. 나
는 신기해서 남자의 눈에서 눈을 뗄 수가 없었어. 여자가 알아들
을 수 없는 언어로 남자와 몇 마디 하자 남자가 고개를 끄덕이고
는 나에게 가방을 가리키며 손을 내밀었어. 나는 고개를 저었어.
남자가 다정하게 미소를 지으며 여자와 나를 번갈아 보았어. 여
자가 나에게 가방을 가리키며 손을 내밀었어. 나는 순순히 여자

의 뜻에 따랐어. 남자가 기다렸다는 듯이 나를 번쩍 안아올렸어. 남자의 가슴에 소복이 난 잔털이 내 뺨을 간지럽혔어. 여자의 집은 바다에서 멀지 않았어. 횡단보도를 건너고 고가도로를 지나자 여자가 사는 오피스텔이 나왔어. 여자는 현관에서 내 몸의 모래를 털어낸 뒤 소파에 눕히고는 남자와 함께 욕실로 들어가 샤워를 했어. 샤워 소리는 고향에서 듣던 빗소리를 생각나게 했어. 어릴 적 빗소리를 들으며 낮잠을 자곤 했어. 빗소리에 간간이 여자의 신음소리가 들렸어. 나는 귀를 틀어막았어. 사타구니께가 찌릿찌릿 저며왔어. 남편은 새벽녘이면 투박한 손아귀로 내 입을 틀어막고는 쇠창살처럼 뾰족한 물건으로 사타구니를 찔러댔어. 짓누르는 힘을 못 이기고 내 입에서는 원치 않는 신음소리가 새어나왔어. 빗소리는 오래가지 않았어. 나는 눈을 감았어. 욕실에서 나온 여자는 향기로운 비누 냄새를 풍기며 나에게 다가와 입술에 다시 손을 대보았어. 입술이 시든 장미 꽃잎처럼 메말라 있었어. 여자는 남자와 알아들을 수 없는 언어로 몇 마디 나누고는 밖으로 나갔어. 눈을 뜨고 여자의 방을 천천히 둘러보았어. 벽으로 부엌과 침실이 나누어져 있었어. 내가 누워 있는 소파는 부엌 벽에 붙어 있었어. 목이 말라 소파에서 몸을 일으켰어. 탁자에 오렌지주스와 빵이 놓여 있었어. 식욕이 없었는데, 갑자기 허기가 느껴졌어. 허겁지겁 단숨에 다 먹었어. 여자의 침실은 자주색 꽃무늬가 새겨진 두꺼운 커튼으로 창문을 가려놓은 탓에 어두웠어. 신기한 모양의 향수병

들이 즐비하게 놓여 있는 화장대와 보라색 넓은 침대가 눈에 들어왔어. 벽 한쪽에는 두 줄로 옷을 걸어둔 행어가 설치되어 있었어. 난생처음 보는 멋진 옷들이 빼곡하게 걸려 있었어. 초록색 원피스에 손이 갔어. 원피스를 몸에 대고 거울을 보았어. 복도에서 발소리가 들리는 것 같아 얼른 제자리에 꽂고 소파로 돌아갔어. 여자는 밤이 늦도록 돌아오지 않았어. 다음날 이른아침 여자는 친구와 함께 들어왔어. 해수욕장에서 나에게 물을 가져다주었던 가슴이 큰 여자였어. 가슴이 큰 여자의 이름은 마돈나, 마돈나는 눈이 예쁜 여자를 린이라고 불렀어. 린.

*

소녀의 목소리는 한 번도 입 밖으로 새어나오지 않았다. 소녀에게 암실의 간이침대를 내주고 G는 카페 소파에서 눈을 붙였다. 얼핏 보기에도 소녀는 영양실조 상태였다. 제때 끼니를 해결하지 못하고, 제때 잠을 자지 못한 기색이 역력했다. 새벽에 바다파출소 쪽으로 뛰어간 소녀를 따라갔지만, 자전거를 훔치려던 소녀를 잡기 위해서가 아니었다. 일주일 전부터 심야에 바다파출소 앞을 어른거리던 물체는 고양이가 아니고 소녀였다. 소녀는 바다파출소와 소망의원 사이에 난 샛길을 통과해 신축 오피스텔 옆에 방치되어 있는 대나무 군락 속으로 사라졌다. 그곳은 죽순 재배지로 울타리를 쳐 사람들의 출입을 금지하고 있었다. 소녀는 야생동물처럼 숨는 데 민첩했다. G는 담배를 한 대 꺼내 피우면서 소녀를 기다렸다. 하루종일 내린 비로 대숲은 검게 젖어 있었다. G는 담뱃불을 발로 비벼 끄면서 소녀에게 밖에서 기다리고 있다고 말했다. 소녀는 아무런 반응이 없었다. 정적만이 어둠의 공동空洞을 감싸고 돌 뿐이었다. G는 자전거 도둑으로 소녀를 몰아세울 생각은 눈곱만큼도 없었다. 그가 머물던 페루에서는 자전거나 시계, 가방을 훔쳐가는 일이 다반사였다. 목숨만 앗아가지 않으면 되었다. G가 페루에 가게 된 것은 생일날 퇴근하다가 집 앞에서 강도에게 총에 맞아 죽은 형의 장례를 치르기 위해서였다. 떠날 때는 열흘 예정으로 회사에 휴가를 냈는데, G는 삼 년 동안 페루에 발이 묶여 있었다. 페루는 세계에서 총기 휴대가 자유로운 몇 안 되는 위험한 나라였다. 일 년이면 몇 건씩 한국인 사업가를 표적으로 한 강도 살인 사건이 터졌다. 한국인들이 페루와 같은 남미에서 성공하려면 현지인들의 인심을 사야 했고, 은행보다는 지능적인 현금 관리가 중요했다. 주변 사람들의 말에 의하면 형은 페루 사람들에게 인색한 한국인으로 찍혀 있었다. 다섯 형제의 막내인 G와는 달리 맏아들인 형은 가난을 밥으로 먹고 살았다. G가 성장할 무렵에는 누이들의 헌신으로 가세가 많이 폈다. G는 형과 누이들의 그늘 아래서 비교적 어려움을 모르고 자랐다. G가 어느 날 벼락처럼 떨어진 형의 비보를 접하고 모든 것을 접고 페루로 떠난 것은 늘 형에게 마음의 부채를 느끼고 있었기 때문이었다. 형이 벌여놓은 회사는 육 개월 만에 수습되었고, G는 언제든 홀가분하게 한국으로 돌아갈 수 있었다. 그러나 일 년 열두 달 동안 비다운 비가 내리지 않는 남태평양의 파도치는 바닷가에 서서 G는 자신을 그 먼 곳까지 이끈 것은 형도 형이려니와 다른 무엇이 있음을 깨달았다. G는 사지死地에 뛰어들어 고군분투한 것처럼 심신이 지쳐 있었다. 심기일전으로 G는 마추픽추 트레킹에 나섰다. 잉카인들의 길을 따라 진행된 삼박 사일의 잉카 트레일은 복잡하게 얽혀 있던 세속적인 고뇌를 밀어내고 오직 자기 자신의 육체와 정신에 집중하게 만들었다. 날카로운 부리로 쪼아갈 듯 맹렬하게 빛을 뿜어내는 태양과, 머리를 망치로 때리는 듯하고 가슴팍이 쇠사슬에 조여드는 듯한 고산증에 시달리며 고도 삼천 미터에 육박하는 산길을 며칠 동안 걷고 또 걸었다. 일행은 오대양 육대주에서 모여든 다양한 여행자들로 구성되어 있었다. G는 일행 중에 독일에서 온 토마스라는 사진작가의 뒤를 주로 따랐다. 토마스가 사진 찍는 모습을 지켜보는 것이 흥미로웠다. 트레킹 마지막날, 잉카의 공중 도시 마추픽추에 올랐다. 맨 꼭대기 망대에서 거대한 콘도르 형상의 마추픽추를 내려다보았다. 마추픽추는 늙은 산, 건너편 우뚝 솟은 와이나픽추는 젊은 산. 둘은 우르밤바강을 사이에 두고 가파르게 마주보고 있었다. 계단식 농경지와 주거지, 태양의 후예 잉카인들의 소망을 표현한 태양 신전과 태양을 묶는 기둥, 콘도르 신전과 그 아래 감옥 등을 눈으로 짚어보았다. 태양 신전 쪽의 처녀들 묘지의 위치를 가늠해보고, 중앙의 잉카광장에 서 있는 한 그루 나무에 시선이 모아졌다. 그때 토마스가 "저 나무는 뭘까요?"라고 G에게 물었다. G 역시 그것이 궁금하던 차였다. G는 "글쎄요, 가보지 않고는 알 수 없겠네요"라고 대답했다. 그러자 토마스가 "그럼, 다니다 어긋나더라도 거기에서 만나지요" 하고 응대했다. 광장에 홀로 서서 흘러가는 시간과 태양의 막강한 광력光力을 묵묵히 견디고 있는 나무는 가시나무였다. G와 토마스는 가시나무 아래 풀밭에 누워 창공을 올려다보았다. 아주 오래 사귄 친구처럼 토마스가 옆에 있으니 든든했다. 토마스는 마추픽추에 오기 전에 지상화地上畵 유적지 나스카 라인과 세상에서 가장 높은 하늘 호수 티티카카를 여행하며 페루의 사막과 고지대, 정글을 사진에 담아왔다. G가 서울의 몇몇 잡지에 남미 사진과 글을 제공하며 프리랜서 포토그래퍼로 활동하고 있는 것처럼 토마스는 베를린에서 사진 연구소를 운영하며 미국과 프랑스의 사진 매체들에 사진을 송고하고 있었다. 베를린으로 돌아가는 길에 토마스는 리마로 G를 찾아왔다. 토마스는 G의 작업실에서 그의 사진이 실린 잡지들을 둘러본 뒤, "한국에는 언제 돌아갈 거죠?" 하고 물었다. G는 선뜻 대답을 하지 않은 채 담배 한 개비를 꺼내 물고는 담배맛을 천천히 음미한 뒤, "한 삼사 년 후에"라고 대답했다.

*

이 작고 어두운 방은 익숙해. 남편의 어머니는 낮잠을 자는 나를 눈뜨고 못 보았어. 말도 못하는 년이 게을러터져서 늙은이는 새빠지게 일하는데 시퍼렇게 젊은 것이 방구석에 누워 디비져 잠만 잔다고 머리채를 잡아 일으켜세우고는 마당으로 끌고 내려갔어. 그리고 부엌 옆 고구마 창고에 나를 처넣었어. 고향에서는 어릴 적부터 점심을 먹고 나서 낮잠을 잤어. 남편의 어머니가 심하게 타박을 하니까 몰래 낮잠을 잘 수 있는 장소를 찾았어. 뒤란 장독대에서 잠을 잤고, 고구마 창고에서 잠을 잤고, 심지어 남편이 소를 끌고 나간 사이 외양간에서 잠을 잤어. 한번은 장롱 속에 들어가 잠을 자다가 남편의 어머니가 친구들과 화투판을 벌이는 바람에 저녁때까지 밖으로 나오지 못했어. 남편은 나를 부르며 집안 곳곳을 뒤졌고, 나는 나갈 수 없었어. 그날 저녁 남편은 해가 지도록 여자가 바깥으로 나돌아 다닌다고 느닷없이 내 뺨을 갈겼어. 번갯불이 떨어진 듯 뜨거웠어. 그날 밤 나는 뺨이 벌겋게 부어올라 동네 회관에서 하는 한국어 수업에 결석했어. 남편은 한 발짝이라도 대문 밖으로 나가면 다리몽둥이를 분질러놓겠다고 엄포를 놓았어. 나는 한국어 공부를 하러 가고 싶었지만 남편이 무서워서 찍소리도 못하고 방에 엎드려 받아쓰기 노트에 한 자 한 자 한글을 썼어. 어머니, 아버지, 할머니, 할아버지, 사랑합니다. 나

는 말을 못할 뿐이지 고향에서 알아주는 학생이었어. 자전거 경주
에 나가 챔피언이 되었고, 글씨도 반듯하게 잘 썼고, 수학 문제도
제일 잘 풀었어. 선생님들이 모두 나를 사랑해주었어. 할머니는
한국을 사랑했어. 할아버지의 나라 한국을 평생 가슴에 품고 살았
어. 할아버지가 한국으로 돌아간 뒤 다시는 만나지 못했지만, 텔
레비전에서 한국 이야기만 나오면 마치 할아버지를 만나기라도
할 것처럼 두 눈을 반짝였어. 어머니 아버지가 돌림병으로 돌아가
시자 할머니는 나와 동생들을 돌보았어. 할머니에게 한국은 꿈속
에서 그리는 나라, 세상에서 가장 아름다운 나라였어. 할머니는
밤이면 자장가로 한국 노래를 들려주었어. *나의 살던 고향은 꽃
피는 산골.* 호아, 네 핏속에는 한국인의 피가 흐르고 있단다. *복숭
아꽃 살구꽃 아기 진달래.* 호아, 네 핏속에는 한국인의 피가 흐르
고 있어. *울긋불긋 꽃대궐 차리인 동네.* 나는 꿈을 꾸었어. 언젠가
는 내 할아버지의 나라로 꼭 가고야 말겠다고.

*

　소녀는 도무지 암실에서 나오지 않으려고 했다. G는 암실로 바
나나우유와 빵을 넣어주었다. 며칠 동안 G는 L여고 학생이 선물
로 가져온 케렌 앤의 〈Not Going Anywhere〉를 틀었다. 습기
를 거느리지 않은 건조한 음성과 담백한 기타 선율이 마음을 편

안하게 가라앉혀주었다. *떠도는 이들이 날 스쳐갈 때 난 그들에게 작별 인사를 하지 않으려고 하죠.* 대부분의 학생들이 카페 안의 대상들에 관심을 갖고 사진을 찍었는데, 음악을 가져온 유난미라는 2학년 학생은 카페 밖 골목 풍경을 집중적으로 찍었다. 분홍 우산을 들고 비 그친 아스팔트 위를 내달리는 네댓 살짜리 앙증맞은 여자애를 찍은 난미의 연속 사진은 수준급이었다. G는 이전처럼 메이저 잡지에 소속되지 않아 마감에 쫓기지 않았고, 이곳에 아무런 연고가 없어 단조로운 면도 없지 않았지만, 카페 생활에 그럭저럭 만족했다. *파도가 밀려왔다 밀려가도 난 어디에도 가지 않아.* 페루에서 삼 년, 무엇이 G를 붙잡아놓았던가. 형이 남긴 사업을 정리하는 데는 많은 시간이 걸리지 않았다. 처음 리마에 머무는 동안 억울하게 죽은 형에 대한 비통과 살인자에 대한 분노가 누그러지지 않아 숨쉬기조차 괴로웠다. 현실로 돌아가기 위해서는 빨리 그곳을 떠나야 했다. 그러나 G는 떠나기는커녕 남태평양의 파도치는 해안가 절벽 위에 거처 겸 스튜디오를 마련하고 삼 년을 버티었다. 마치 주술에 걸린 물결처럼 해안을 떠나지 못하고 막막한 바다를 바라볼 뿐이었다. 형의 죽음은 마감에 쫓기는 서울에서의 전쟁과 같은 그의 숨가쁜 삶을 돌아보게 했다. 한국으로 돌아오려고 결심했을 때 서울이 아닌 남쪽 바닷가, 예전에 몇 차례 취재차 내려갔던 부산을 떠올렸다. 몇 년 사이 초고층 빌딩들이 해운대의 해안선을 따라 거침없이 들어차버렸지만, 이면에는 그늘이 많은 도시였다. G는 이면의 빛나는 어둠을 사진으로 기록하고 있는 셈이었다. 오후 한두시쯤 손님이 뜸한 시간에 G는 케렌 앤의 노래를 틀었다. *사람들은 어디론가 가고 오고 또 떠나지만 난 아무 데도 가지 않아.* G는 삼 년 정도 머물 생각으로 카페를 열었으나, 정착한 지 사 년째 접어들고 있었다. 특별히 다른 곳, 그러니까 서울로 떠나고 싶은 마음이 없었다. G는 담배 한 개비를 꺼내 입에 물면서 건너편 바다파출소를 바라보았다. 경찰차가 세워져 있었다. 오전과 오후 두 차례 경찰은 파출소에 들렀다. G는 판단이 서지 않았다. 낯선 소녀를 어떻게 해야 할지, 소녀에게 무엇이 필요한지 그로서는 알 수가 없었다. 자정 너머 G는 소녀를 암실에 남겨놓고 문을 열어놓은 채 불을 끄고 카페를 나섰다. 나흘째, L여고로 특강을 가는 날이라 컴퓨터에 정리해둔 것을 프린트해 가려고 이른아침 카페에 나오니 케렌 앤의 노래가 고요하게 흐르고 있었다. 소녀 이외에 틀어놓을 사람이 없었다. 그러지 않아도 암실에 처박혀 일체 반응을 보이지 않는 소녀가 점점 더 부담스러웠는데, 좋은 징조였다. G는 소녀의 이야기를 들어보고, 소녀의 뜻에 따라 어디든지 보내주고 싶었다. 따뜻한 코코아를 한 잔 만들어 암실로 들어갔다. 그런데 소녀가 보이지 않았다. 화장실에 간 것 같아 잠시 기다리다 가보았지만 불이 꺼진 채 아무도 없었다. 암실로 돌아와 소녀가 웅크리고 있던 자리를 살펴보았다. 소녀가 끌어안고 있던 노란 가방도 눈에 띄지 않았다. 컴퓨터 책상 위에는 그가 작업하던 사진들과 메모들이 그대로 널려 있었다. 학생들이 찍은 해변 풍경들이었다. 사진들 위에 서툰 한글로 쓴 메모가 놓여 있었다. '내 이름은 호아. 고맙습니다.' G는 공들여 쌓아놓은 모래성을 거대한 파도가 쓸고 지나간 듯 낭패스러웠다. 너무 방심했다는 후회가 일었다. 담배를 한 대 꺼내 입에 물었다. 소녀가 쓴 메모를 내려다보다가, 메모지 밑에 얼키설키 놓여 있는 사진들에 시선이 옮겨갔다. 주로 해수욕장의 모래사장에서 바다를 바라보는 사람들이 찍혀 있었다. 혼자, 또는 둘이, 또는 서너 명이 걸어가고, 서 있고, 걸어오는 사람들. 해수욕장의 분위기와 실루엣을 전하는 비슷비슷한 장면들을 훑어보다가 G는 메모지 아래에 있는 사진 하나에 시선을 고정시켰다. 사진에는 한 남자가 한 소녀를 자전거에 태우고 해변을 달리는 순간이 포착되어 있었다. 자전거의 속도에 실려 움직이는 피사체로 인하여 흐릿하게 흔들린 블러 상태였지만, G는 남자의 허리를 꽉 잡은 채 뺨을 그의 등에 대고 눈을 살포시 감고 있는 소녀를 알아보았다. G는 담뱃불을 급히 비벼 끄고 밖으로 나갔다. 테라스에 놓여 있던 자전거가 보이지 않았다. G는 바다파출소를 지나, 소망의원을 지나, 해바라기미용실을 지나, 여주쌀집을 지나, 해운대성당을 지나, 골목 입구에 서 있는 늙은 소나무를 지나 바닷가로 걸어갔다. 이차선 도로에서 횡단보도를 건너려고 멈춰 서 있는데, 자전거를 타고 탁 트인 해변로를 달리는 소녀가 눈에 들어왔다. G가 길을 건넜을 때 소녀는 한 점 점처럼 작아져 미포 쪽으로 사라졌다. 소녀가 자전거를 타고 달려간 바닷가 언덕 위로 태양이 떠오르고 있었다.

디트로이트

밤마다 빌딩이 무너져내렸다. 쌍둥이 빌딩처럼 외부의 타격으로 무너지는 것이 아니었다. 내부의 오랜 공동空洞이 원인이었다. 빌딩이 무너질 때 어떤 소음이나 먼지도 발생하지 않았다. 주변을 파괴하는 것이 아니라 풍선처럼 기압이 쑥 빠져나가 주저앉으면서 블랙홀 속으로 빨려들어가는 형국이었다. 빌딩이 무너져내린 곳마다 불꽃이 피어올랐다. 연기 뒤로 그림자들이 어슬렁거렸다. 사람들은 날마다 도시를 빠져나갈 궁리를 했다. 도로에는 차가 뜸했다. 어쩌다 눈에 띄는 차들은 멈춰 서는 일 없이 쏜살같이 지나갔다. 해질녘이면 텅 빈 빌딩숲 위로 경찰 헬리콥터가 원을 그리며 돌았다. 인도에 인기척이 끊긴 지 오래였다. 드문드문 켜 있는 도시의 가로등은 이 빠진 노파의 입속처럼 어둠을 몰아내지 못했다.

*

밤새 세 개의 문자가 도착해 있었다. 둘은 잡지사 최주간에게서
온 것이었고, 다른 하나는 미주 한인회의 홍선생에게 온 것이었
다. 지훈에게서는 아무 연락이 없었다. 홍선생은 거두절미, 이메
일을 확인하라고 했다.

냉장고에서 생수를 꺼내 몇 모금 마시고 창가로 가 섰다. 대로
에 고층 건물들이 널찍널찍 거리를 두고 서 있었다. 빌딩들 대부
분은 군데군데 유리창이 깨져 있거나, 옥상에 설치된 송수신탑은
녹슨 채 방기되어 있었다. 건물과 건물 사이 넓은 주차장에는 온
종일 차가 한두 대 겨우 눈에 띌 뿐 공터를 방불케 했다. 빌딩들
과 공터 너머 강이 흘렀다. 현수교懸垂橋가 강의 양안을 연결하고
있었다. 강 이쪽 사람들은 디트로이트 다리, 강 저쪽 사람들은 윈
저 다리라고 불렀다. 다리 이름처럼 강 이름도 마찬가지였다. 내
가 서 있는 쪽에서는 디트로이트강이고, 건너 쪽에서는 윈저강이
었다. 디트로이트와 윈저 사이에는 미국과 캐나다의 보이지 않는,
그러나 생과 사의 갈림길처럼 분명한 강물의 경계가 가로놓여 있
었다.

두 개의 주탑을 연결하고 있는 현수교의 우아한 케이블 곡선을
바라보았다. 엄마 생각을 잠깐 했다. 엄마는 세상의 크고 작은 다
리를 좋아했다. 그중 현수교를 무척 좋아했다. 엄마를 따라 한강

다리들을 걸어서 건넌 적이 한두 번이 아니었다. 그즈음 강변에 살았기 때문일 수도 있었다. 그렇다고 엄마 친구나 이웃이 다리 위를 걸어서 한강을 건너지는 않았다. 엄마와 여행 약속을 수없이 했는데, 실현된 것은 거의 없었다. 내가 대학입시를 마치고 남해대교를 건너 섬에 간 것과 아버지 장례를 치르고 나서 기차를 타고 부산에 간 것이 전부였다. 광안대교가 개통되던 해였다. 엄마는 사흘 내내 광안리 백사장에서 바다를 바라보았다. 그런데 그때 엄마가 온종일 바라본 것은 바다가 아니라 다리라는 것을 돌아오는 기차 안에서 알게 되었다. 광안대교는 엄마가 사랑하는 현수교였다.

엄마가 하루의 대부분을 잠으로 보내기 시작한 것이 언제였는지 기억을 더듬어보았다. 엄마의 침상에는 늘 파란 하늘을 향해 하얀 날개를 펼치고 있는 듯한 광안대교 사진이 놓여 있었다. 어느 날 가보니 사진은 말끔히 치워지고 엄마는 눈을 지그시 감고 있었다. 잠든 것처럼 보이지 않았다. 엄마 눈을 떠요, 지은이 왔어요. 지극히 편안해 보였지만 희미하게 슬픔도 스며 있었다. 그 슬픔은 엄마의 것이라기보다 사라져가는 봄날 오후의 애수 같은 것이었다. 엄마 나 가요, 또 올게요. 서울로 돌아오자마자 요양원에 전화를 했다. 간호사의 전언에 따르면 엄마는 정상적으로 식사를 하고, 늘 그렇듯이 순하게 잠이 들었다. 가끔 황당한 생각이 머릿속을 괴롭혔다. 엄마는 나를 보는 것이 끔찍하게 싫은 것일까. 정작 비밀을 털어놓고 그 사실이 수치스러워 피하는 것처럼 엄마는 내 발자국 소리만 듣고도 눈을 감아버리는 것 같았다. 깨어 있는 시간보다 잠이 든 시간이 길어졌고, 몇 마디 나누려고 깊은 잠을 깨우는 것이 점점 힘들어졌다. 어느 날 요양원 가는 길에 금작화가 피어 있는 걸 보았다. 금작화는 현수교처럼 엄마가 바라보기 좋아하는 꽃이었다. 금작화를 본 것이 올봄이었던가, 지난해 봄이었던가. 아니면 그 전해 봄이었던가. 엄마의 해맑은 눈동자를 본 지가 언제였는지 가물가물했다.

지훈이 몇 년간의 터키 생활을 끝내고 가족과 함께 귀국했으나 정착하는 데 어려움을 겪고 있었다. 그런 그에게 엄마를 맡기고 떠날 수는 없었다. 전측두엽퇴행, 일명 조기 치매. 엄마가 조기 치매 진단을 받았다는 사실을 지훈은 한동안 알지 못했다. 에너지 회사의 엔지니어로 터키 현지에 파견 나간 지 얼마 되지 않은 때였다. 안성에 있는 요양원에 엄마를 입원시키고 몇 달이 지난 뒤에야 지훈에게 알렸다. 추석이 가까워져서 지훈이 전화를 해오지 않았다면 그조차 뒤로 미뤄졌을 것이었다. 지훈은 믿을 수 없어 하다가, 돌아가신 아버지를 책망하며 분노에 찬 안타까움을 토로했다. 지훈이 터키로 떠날 때까지만 해도 엄마는 환갑을 갓 넘긴, 또래보다 젊어 보이는 중년의 모습이었다. 다행히, 은둔형입니다. 담당 의사는 마치 축하받을 일이라는 듯 엄마에게 찾아온 증세를 알렸다. 엄마는 한 발짝도 침대에서 내려오지 않으려고 했다. 건지 않는 무릎은 빠른 속도로 퇴행했다. 엄마에게는 걷고 싶은 욕망이 거세된 것처럼 보였다. 지훈은 엄마나 자신에게 좋지 않은 일이 생길 때마다 모든 것을 아버지 탓으로 돌렸다. 하필 자기가 고3일 때 아버지가 교통사고로 돌아가신 것을 두고두고 야속해했고, 엄마가 우울증에 시달리게 된 것이 아버지의 죽음과 관계있다고 두고두고 분개했다. 엄마도 나도 교통사고 현장에서 아버지의 조수석에 탔던 여자에 대해 발설한 적이 없었다.

일주일에 한 번 안성에 내려가는 일은 내 삶의 흐름을 바꾸어놓았다. 한 달에도 몇 차례 야근은 물론 철야를 일삼느라 계절이 가는지 오는지 무심했다. 주말이면 엄마를 만나러 가는 일이 의무가 되면서 4월 한낮의 벚꽃길을 지나가기도 했고, 겨울 오후의 은사시나무 군락을 아련히 바라보기도 했다. 미주 한인회의 홍선생으로부터 미국행 제안을 덜컥 받아들인 것은 표면적으로는 지훈이 돌아온 이유도 있었지만, 내심 엄마의 침묵으로부터 벗어나고 싶은 무의식적인 욕망이 의무감을 압도해버렸기 때문이었다. 그즈음, 헤어진 채 마음의 끈을 놓지 않고 있던 은환의 결혼 소식은 그동안 지탱해온 자존심을 단번에 와해시켰다. 모든 관계를 뒤돌아보았고, 모든 관계를 재설정했다.

은환과 연인 관계로 지낸 육 년, 절반의 시간을 나는 서울과 엄마가 있는 안성을 오가며 보냈다. 크게 싸운 일도, 분명하게 결별한 적도 없는데, 그는 아니 나는, 서로에게 멀어져 있었다. 언젠가부터 그와 나 사이에 틈이 생기기 시작했고, 시간이 흐를수록 틈은 뛰어넘을 수 없는 벼랑만큼 넓어졌다. 지훈에게 엄마를 맡기고 뒤도 돌아보지 않고 뉴욕행 비행기에 올랐다. 태평양을 건너는 기내의 어둠 속에서 조금 울었던가. 캄캄한 기내 창에 비친 얼굴은 오래전 지워버린 아버지의 형상을 비추고 있었다. 어떤 감정이든 다스리기에 피곤을 느꼈고, 엄마처럼 지그시 눈을 감았다.

*

두 명의 미국 이민자와 함께 지내며 그들의 인생을 정리해주는 것이 내게 주어진 일이었다. 첫번째 상대는 뉴저지의 데레사 김 할머니. 내년 팔순을 기념하기 위해 착수한 작업을 반 정도 수행한 상태에서 노인은 숨을 놓았다. 유족의 뜻에 따라 데레사 김의 자서전은 중단되었다. 다음 행선지는 포틀랜드였다. 그레셤 한인 농장의 여길남 할머니는 구면이었다. 몇 년 전 잡지사 기획으로 해외 초기 이민자 가정을 돌아보는 다큐멘터리를 진행한 적이 있었다. 여길남 할머니는 백여 년 전 오리건 트레일을 따라 포틀랜드에 정착한 한인 1세대 박씨 일가의 며느리로 육십 년 넘게 그곳을 지켜온 산증인이었다. 포틀랜드를 생각할 때면 만년설이 덮여 있는 후드산을 배경으로 농장 입구의 키 큰 전나무와 그 옆에 구부정하게 서 있는 노인이 떠오르곤 했다. 나무는 노인이 스물

한 살 때 시집와 심고 가꾼 것으로 그녀의 인생을 묵묵히 지켜본 친구와도 같은 존재였다. 여길남 할머니가 도미한 것은 사범학교를 졸업한 해였다. 한국전쟁이 발발하기 일 년 전이었고, 서울에서 교편을 잡기도 전에 혼담이 들어왔다. 미국에 대한 환상이 있었던 것은 아니었다. 그런데 사진으로 남자의 얼굴을 본 한 달 뒤 미국행 배에 올랐다. 이민 1.5세대였던 미스터 박은 작달막했지만 쾌활하고 다부져 보였다. 결혼식을 치르기도 전에 전쟁이 터졌다. 전쟁중인 조국은 돌아가고 싶어도 돌아갈 수 없는 곳이 되었다. 네바다 오지에서 태어나 어머니 없이 이주 이방인들 사이에서 자란 신랑은 모국어를 몰랐고, 일본인으로 오해받기 일쑤였다. 남편에게 한국어를 가르치려고 시도했으나, 고된 농장 일과 줄줄이 태어나는 아이들 건사에 눈 붙일 새도 없었다.

처음 인터뷰 요청을 했을 때 여길남 여사는 아무도 만나고 싶지 않다고 거절을 했다. 몇 년 동안 병석에 있던 남편과 사별한 지 얼마 지나지 않았고, 하루하루 우울한 심정으로 살아가고 있다고 했다. 태평양을 사이에 두고 들려오는 노인의 목소리에서 불편한 심기가 그대로 전달되어 전화를 끊고 나서 한참이나 망연히 자리에 앉아 있었다. 하루 만에 어떤 심경의 변화가 있었는지 인터뷰에 응하겠다는 전갈이 왔다. 노인은 기대 이상의 자료를 내놓았고, 불편한 몸을 이끌고 농장 곳곳을 안내했다. 노인이 자식처럼 가꾼 수목들이 줄지어 서 있었다. 여러 종류의 정원수들이 사방으로 끝없이 펼쳐져 푸른 숲을 이루고 있었으나, 발 딛고 선 땅은 조금만 걸어도 신발에 허옇게 먼지가 앉을 정도로 건조했다. 노인이 몇 발짝 걸음을 옮겨 허름하게 설치된 파이프의 꼭지를 틀었다. 시원한 물이 콸콸콸 쏟아졌다. 손으로 한 모금 받아 마셨다. 오리건 트레일을 타고 동부에서 넘어온 이민자들이 정부로부터 황무지를 무상으로 받던 시절이 있었다. 누구든 개간해서 살면 임자가 되었다. 황무지를 옥토로 만드는 데에는 물이 필요했다. 노인처럼 물길을 찾거나 물길을 돌리는 데 성공한 사람은 많지 않았다. 노인은 틀었던 꼭지를 힘껏 잠그고, 눈 덮인 후드산을 바라보았다. 노인의 눈길이 쓸쓸했다. 육십오 년 긴 세월을 한결같이 마주본 산이었다. 남편과 네 아이들과는 평생 나누지 못했던 모국어 대화가 누선을 자극했는지, 두 시간여의 인터뷰를 마치고 나오는데, 노인의 눈가에 눈물이 맺혀 있었다. 노인에게는 남은 시간이 없었다. 지금이라도 하루하루 사라지는 기억을 붙잡아 정리해야 했다. 글을 쓸 줄 모른다는 것이 이렇게 답답할 줄 몰랐어요. 노인은 오래된 궤짝에서 아끼는 물건을 꺼내놓듯 한마디 한마디 확인하며 똑바르게 발음했다. 나는 꼭 다시 오겠노라는 말을 위로 삼아 건네며 노인을 소나무 옆으로 이끌었다. 그리고 멀리 후드산의 만년설봉을 배경으로 나무와 노인의 사진을 찍었다.

*

데레사 김 할머니의 돌연한 영면으로 두 달 앞당겨 여길남 할머
니에게 갈 수도 있었다. 그런데 마침 잡지사 최주간으로부터 디트
로이트 취재 가능성을 문의하는 연락이 왔다. 사무실에서 마주보
고 회의 끝에 결정한 일과 이메일과 SNS를 통해 수락한 일에는 신
속하고 편리한 만큼 모종의 함정이 도사리고 있을 수 있다는 사실
을 그때는 미처 알지 못했다. 나는 기본적인 점검 과정도 없이 최
주간의 제안을 즉시 받아들였다. 그리고 디트로이트행 비행기표
와 호텔을 예약했다. 잡지사에 매여 있을 때에는 늘 쫓기듯 취재
일정을 채우느라 여행다운 여행을 해본 적이 없던 터라 뜻밖에 주
어진 두 달이 횡재처럼 여겨진 탓도 있었다. 4성급 호텔임에도 비
현실적으로 저렴하게 나온 요금을 보고는 나흘 여정을 배로 늘려
예약했다. 한인회를 통해 현지 가이드를 물색했다. 그러나 주말이
끼어서인지 선뜻 적임자가 나타나지 않았다. 몇 번 시도 끝에 연
결이 되면, 뜨악한 말투로 무슨 일로 디트로이트에 오느냐는 질문
이 돌아왔다. 일단 도시를 돌아보고 본격적인 취재 여부와 기사의
가닥을 잡을 것이었다. 내가 디트로이트에 가는 이유를 여행이라
고 밝히자 상대방은 미안하지만 이곳은 여행 가이드를 할 만한 곳
이 못 된다며 다른 쪽으로 문의를 해보라고 전화를 끊었다. 나는
어디로든 떠나야 했고, 예약 시간에 맞춰 비행기에 올랐다.

생수를 몇 모금 연이어 마시고 건너편 빌딩들과 그 아래 주차장의 형세를 살피고, 그 너머 디트로이트 다리의 단아한 실루엣을 음미하듯 바라보았다. 넓은 주차장에 자동차 석 대가 주차되어 있는 것을 제외하고는 어제와 달라진 것이 없었다. 컴퓨터를 켜고 홍선생의 이메일을 확인했다. 여길남 할머니가 폐렴 증세로 입원했다가 퇴원했다며 조금이라도 빨리 나를 만나기를 희망한다고 쓰여 있었다. 일층으로 내려가 간단히 아침식사를 마치고 포틀랜드행 비행편을 알아보고 있는데 전화벨이 울렸다.

*

신속하게 결정하고 디트로이트에 도착했으나, 하루하루 알 수 없는 기류에 휩싸인 채 긴장 상태에 빠져 있었다. 맨해튼의 마천루를 방불케 하는 거대도시가 유령도시로 변해가는 모습은 그 자체로 두려움을 던져주었다. 디트로이트에 도착하고 사흘 동안 한 일이라고는 카메라를 메고 이십여 분 걸어 강변의 하트 플라자까지 다녀온 것이 전부였다. 마치 20세기 고층 건물 전시장에 들어선 듯 웅장한 거리들을 기웃거리며 천천히 걸었다. 포드와 크라이슬러, 르네상스 센터의 파사드와 디테일들을 다각도로 렌즈에 담다가 어느 순간 카메라를 거두어들였다. 어둠이 내리기 시작하는 해질녘, 빌딩마다 사람들이 쏟아져나올 시간이었다. 그러나 내 앞을, 또 옆을 걸어가는 사람은 아무도 없었다. 갑자기 내가 동양인이라는 것이, 게다가 여자라는 것이 이유 없이 불길한 징조처럼 엄습해왔다. 마치 꿈의 한 장면인 듯 돌아보니, 신호등은 바뀔 줄 모른 채 꺼져 있거나 명멸했고, 멀리 눈에 띄는 것은 짝지어 느리게 보폭을 맞추어 걸어가는 안전요원이거나 역시 느릿느릿 움직이는 그림자들, 들개 아니면 걸인이었다.

호텔방에 틀어박혀 가이드를 물색하며 인터넷으로 디트로이트 폐허의 현장들을 수합했다. 수많은 파산 자료들을 점검하던 중에 하루에도 몇 채씩 빈 건물이 속출하고, 주택 가격이 일 달러도 되지 않는다는 기사를 읽다가 앤아버에 산다는 데레사 김의 손자 찰스가 생각났다. 장례식을 마치고 짐을 챙기는 나에게 그는 미시건에 오거든 한번 들르라고 명함을 내밀었다. 진심인지 지나가는 말인지는 분명하지 않았다. 내 의중을 읽었는지 그가 할머니는 앤아버에 와서 여름을 보내곤 하셨다고 덧붙였다. 미시건대학에서 건축을 전공했다는 그는 캠퍼스 부근에 집과 작은 건축사무실을 가지고 있었고, 유족들 중 유일하게 할머니 데레사 김의 자서전이 완성되기를 희망했다.

앤아버에 다녀올 생각을 한 것은 데레사 김의 유보된 족적이 궁금해 찰스를 만나기 위해서가 아니었다. 미국에서 기차를 이용해 이동해본 적이 없는데다가 현실과 밀착된 기사를 작성하려면 현지인들의 삶 속으로 들어가보는 것이 필요했다. 기차 시스템도 파악할 겸 기차의 속도로 인근 도시를 돌아볼 생각이었다. 앤아버가 목적지였으나 그날 나는 그곳에서 내리지 않았다.

*

전화를 받고 호텔 로비로 내려가니 휘황한 샹들리에 아래 덩치 큰 중년의 흑인 남성이 나를 보고 웃으며 다가왔다. 그는 자신이 바로 존이라고 손을 내밀었다. 악수를 풀고 정식으로 인사 나눌 새도 없이 그는 호텔 밖으로 나를 안내했다. 그리고 대기해놓은 검은 세단의 차문을 열어주었다. 모친의 부탁이 있었는지, 예의가 깍듯했다. 그의 얼굴 어디에서도 모친의 흔적은 찾을 수 없었다. 그러나 처음 만난 사람치고는 낯설지가 않았다. 첫눈에 친밀감을 주는 인상이었다. 눈매가 선했다. 하루를 함께 보냈으나 그의 모친 얼굴이 뚜렷이 기억나지 않았다. 존의 눈매를 보자 구름 걷히듯 노인의 생김새가 떠올랐다. 그러고 보니 노인의 이름도 모르고 있었다.

"안젤라라고 불러요, 그냥. 성은 고씨고요. 안젤라 고."

존은 모친의 이름 함자를 마치 친구 이름 부르듯 했다. 어제 이맘때에는 착잡한 마음으로 앤아버에 가기 위해 택시를 타고 시내 외곽에 있는 허름한 역을 찾아갔었다. 그때까지만 해도 안젤라 고는 말할 것도 없고, 다음날 존이라는 그 아들의 차를 타고 디트로이트 시내를 달릴 줄은 꿈에도 생각하지 못했다. 안젤라 고와 처음 눈이 마주치던 장면이 영화의 그것처럼 떠올랐다.

열차가 디트로이트역을 출발하고, 나는 지정된 자리를 찾아 번호를 확인하고 있었다. 승객은 많지 않았다. 자리에 앉으려고 하다가 뒷좌석에 앉은 동양인과 눈이 마주쳤다. 순간적으로 한국인이라는 느낌을 받았다. 짧게 눈으로 인사를 나누고 자리에 앉았다. 열차가 움직였고, 나는 창밖을 바라보았다. 따사로운 햇빛 아래 흉물스러운 폐가들이 줄줄이 지나갔다. 허리케인이 휩쓸고 지나간 듯 집이고 길이고 무너지고 패어 있었다. 무슨 생각을 하고 있었던가. 일주일 전까지만 해도 데레사 김은 살아 있었고, 디트로이트는 나와 아무 상관이 없는 곳이었다. 그런데 일주일 만에 데레사 김은 저세상으로 떠났고, 나는 자의 반 타의 반 폐허의 한복판으로 끌려들어와 있었다.

심란한 꿈을 꾸듯 나도 모르게 한숨이 새어나왔다. 그때 등받이 틈새로 손이 비죽 넘어왔다. 손에는 몇 장의 사진이 들려 있었다. 이어 뒤에 앉은 노인의 목소리가 들려왔다. 자기 손에 들려 있는 것을 좀 보아달라고 했다. 틈새로 사진을 받아들었다. 열두세 살 정도 되어 보이는 금발의 소녀가 몸매가 드러나는 댄스복을 입고 춤을 추고 있는 모습이 담겨 있었다. 사진에서 눈을 떼고 고개를 돌려보니 손이 들어왔던 틈새로 노인이 웃고 있었다. 손녀인 듯했으나 노인과 닮은 구석이 선뜻 잡히지 않았다. 노인의 미소에

화답하자 노인은 대뜸 손녀 자랑을 좀 해도 되겠느냐며 나를 옆자리로 불렀다. 그리고 사십여 분 동안 손녀의 아버지, 그러니까 자신이 낳은 유일한 혈육과 자신의 인생에 대해 풀어놓았다. 얼마나 갈고닦은 내용인지 한국을 떠난 후 육십여 년의 드라마가 군더더기 없이 일목요연했다.

앤아버가 가까워지자 노인은 하던 말을 멈추고 무엇인가 기다리는 표정으로 곧 아름다운 호수가 나올 테니 창밖을 가만히 바라보라고 했다. 노인에게는 자신의 발걸음처럼 열차의 속도에 익숙한 듯했다. 노인이 이르는 대로 창밖을 응시했다. 그런데 노인의 말처럼 아름다운 호수는 눈에 잘 보이지 않았다. 노인은 손녀 사진을 손에 꼭 쥐고 호수가 나오기를 기다렸다. 수풀이 우거져 있었고, 호수는 그 너머에 있을 것이었다.

노인을 따라 간 집은 휴런 호숫가의 작은 마을이었다. 마을 안쪽 통나무로 지은 작은 집 텃밭에 상추와 깻잎 등속이 자라고 있었다. 한국인이 가는 곳이면 어디든 텃밭을 일궜다. 노인은 주섬주섬 밥을 짓더니 된장찌개를 끓여 점심을 챙겨 내왔다. 콩자반과 깻잎절임, 무장아찌 등 밑반찬이 정갈했다. 쉴새없이 된장찌개를 떠먹는 나를 잠시 흐뭇하게 바라보다가 며느리와 손녀는 된장 냄새를 좋아하지 않는다고 싱겁게 웃으며 말했다. 노인의 배웅을 받으며 디트로이트행 기차에 올랐다. 온 길을 고스란히 되밟아 오도록 차창 아래에서 손을 흔들던 노인의 모습이 환영인 양 사라지지 않았다.

호텔로 들어서면서 노인과 보낸 하루가 비현실적으로 느껴졌다. 밤 열시쯤 전화벨이 울렸다. 노인이었다. 노인은 내일 아침 아들이 호텔로 찾아갈 것이라고 말했다. 전화가 아니었으면, 홀리듯 따라간 호숫가 통나무집의 노인을 꿈속의 유령으로 두고두고 의심했을지도 몰랐다.

*

존은 오후 세시 호텔 앞에 나를 내려주었다. 그는 시동을 켠 채로 짧게 작별 인사를 했다. 한 달에 두 번 진료 봉사를 나가는데, 오늘이 그날이라고 했다. 동료이자 아내인 캐서린이 그의 몫까지 수고하고 있을 것이었다. 그는 댄스 대회 결선을 앞두고 있는 딸 에이미의 연습장에도 가봐야 했다. 에이미와 캐서린, 그리고 존 카터. 안정된 직장과 미국식 단란한 가정.

안젤라 고와 존은 디트로이트를 가운데 두고 서로 떨어져 살았다. 어머니는 디트로이트 서쪽 앤아버의 호숫가에서 홀로, 아들은 디트로이트 동쪽 버밍햄의 주택가에서 딸과 아내와 함께 살았다. 어제 앤아버를 향해 기차가 달리는 동안 들은 이야기에 따르면, 안젤라 고는 한국동란기에 미군 부대에서 웨이트리스로 일했다. 미국으로 오게 된 것은 1950년대 말, 삼십대 중반 때였다. 미군 부대가 철수하면서 직장을 잃었고, 혼기마저 놓친 노처녀 처지인 그녀가 선택할 수 있는 것은 미군과의 결혼이었다. 마침 사촌을 통해 선이 들어왔다. 그녀와 동료 두 명이 미군과 결혼해 미국으로 건너왔다. 소녀 가장으로 미군 부대에 다니면서 집안을 부양하던 그녀로서는 생계를 위한 최선의 방법이었다. 남편은 제임스라는 성을 가진 흑인이었다. 존은 바로 그 제임스의 아이였다. 그러나 그를 반듯하게 키워준 것은 카터라는 성을 가진 백인 남자였다. 제임스는 행실이 좋지 않았고, 무책임했다. 우여곡절 끝에 이혼한 뒤, 한국인이라고는 찾아볼 수 없는 미시건의 작은 마을에서 온갖 고생을 했다. 고국으로 돌아가고 싶은 마음이 하루에도 열두 번 들었으나 혼혈인 존을 생각하고 마음을 돌리곤 했다. 안젤라 고가 카터를 만난 것은 존에게 행운이었다. 아들만 셋 딸린 카터는 그녀보다 열네 살 연상이었다. 카터는 어린 존에게 누구보다 좋은 아버지가 되어주었다. 안젤라 고와 존과 카터, 그리고 카터의 아들들.

멀어지는 존의 자동차를 물끄러미 바라보며 안젤라 고가 들려준 일목요연한 인생사의 마지막 한 장면과 마주하고 있는 듯했다. 본의 아니게 이틀 동안 어머니와 그 아들의 삶 속으로 한 발 들어갔다 나온 것 같았다. 서로 너무 가깝지 않게, 그렇다고 아주 멀지도 않게 사는 방법을 그들도 처음부터 안 것은 아니었을 것이다.

호텔 로비는 샹들리에만 휘황한 채 텅 비어 있었다. 숙소로 올라와 디트로이트강을 바라보았다. 한번쯤 기별을 해올 만도 했는데, 지훈은 도통 연락이 없었다.

*

폭발음이 잇달아 들렸다. 강 쪽인 것 같았다. 늘 창가에 서서 바라보는 서쪽 다리 부근이 아니었다. 하트 플라자 쪽, 지엠 본사가 있는 르네상스 센터 방향이었다. 에미넴의 랩들을 유튜브에서 서핑해 들으며 오늘 취재한 현장 사진 파일을 열어 8마일 로드 전후를 살펴보고 있던 참이었다. 방금 들린 것이 정확하게 무슨 소리인지 구별할 수 없었다. 총소리보다는 불꽃 축제에서 울리는 폭죽 소리에 가까웠다. 그러나 파산 상태의 도시에서 불꽃 축제가 벌어질 리 없었다. 최주간에게 보낼 사흘간의 디트로이트 인상기 내용을 생각했다. 우선 초점은 두 가지였다. 파산 도시 디트로이트미술관 예술품의 운명. 디트로이트와 울산, 자동차산업과 도시. 전자는 당장이라도 작성이 가능했다. 그러나 후자는 노조와 관련된 민감한 사안이라 정밀한 자료와 분석 후에 접근 가능했다.

창가로 가서 밖의 상황을 살폈다. 변화가 없었다. 대로는 사방으로 텅 비어 있었고, 가로등은 드문드문 켜 있었다. 눈 닿는 데마다 빌딩들은 어둠에 잠겨 있었다. 반면 강 건너 캐나다 쪽 빌딩들은 울긋불긋 불야성을 이루고 있었다. 붉고 파란 기운이 번진 강줄기는 비단을 두른 듯했다. 내일 저녁엔 르네상스 센터 칠십삼층 전망대 식당에서 저녁식사를 하고 야경을 조망해볼까. 걸으면 호텔에서 이십 분 거리였다. 그러나 걷자면 목숨을 걸어야 하는 거리였다. 도심을 순환하는 무인 모노레일인 디트로이트 피플 무버를 탈 수도 있었다. 그러잖아도 도착한 첫날 호텔 창밖으로 보이는 역에 가보고는 서둘러 발길을 돌렸었다. 좋은 시절에는 사람들이 이동하기 좋도록 편리와 멋을 지향한 명물이었지만 인적이 끊긴 폐허의 도시가 된 뒤에는 공포스러운 흉기나 다름없었다.

자리로 돌아와 디트로이트미술관 소장 자료를 점검했다. 반 고흐, 모네, 세잔 등의 그림들은 디트로이트시가 가진 최고의 자산이라 경매해서 재정을 충당해야 한다는 여론이 형성되고 있었다. 폭발음은 띄엄띄엄 몇 차례 더 울렸다. 사이렌 소리가 들려올 법했으나 감감했다. 이상할 것도 없었다. 여기는 디트로이트, 강도 신고를 하면 오십팔 분 후에나 경찰이 도착하는 곳이었다. 존은 헤어지면서 가능하면 자신이 연락을 하기 전까지 호텔 밖으로 나가지 말 것을 권했다. 호텔 앞에서 나를 차에 태우고 또 내려줄 때, 시내를 통과할 때 그는 마치 경호원처럼 주위를 살폈고, 신속했다. 자리에 앉아 최주간에게 보낼 이메일을 작성하는데 환청처럼 총성이 울렸다. 희미했으나, 이번엔 분명 총소리였다. 쇳소리는 폭발음에 비해 날카롭고 깊었다. 이곳에 온 지 겨우 사흘이 지났고, 앞으로 일주일을 더 머물러야 했다. 호텔은 저렴한 조건인

만큼 일시불로 지불이 된 상태였고, 환불은 불가능했다. 안젤라 고와 그 아들 존이 아니라면 한시라도 빨리 이 위험한 도시를 떠났을 것이었다. 뒤늦게 사이렌 소리가 들리는가 싶더니 이내 잠잠해졌다. 당장이라도 떠나고 싶은 마음과는 달리 최주간에게 디트로이트에는 나를 잡아끄는 무엇인가가 있다고 썼다. 티브이를 켜고 무심코 채널을 돌리다가 멈추었다. 어느 도시에서인지 불꽃 축제가 한창이었다.

*

디트로이트 리버 데이즈의 마지막 밤을 수놓는 화려한 불꽃 축제가 성황리에 끝났습니다. 디트로이트와 윈저 사이의 디트로이트강에서 매년 펼쳐지는 이 행사를 보기 위해 이른 시간부터 많은 관중들이 몰려들었습니다. 디트로이트 불꽃 축제를 볼 수 있는 명당으로 꼽히는 디트로이트의 다운타운의 하트 플라자, 디트로이트 강변, 벨섬 등에는 불꽃 축제를 보려는 사람들로 인산인해를 이루었습니다. 비가 내릴 것이라는 예보가 있었지만, 다행히 이날 저녁에는 조금 습하고 강한 바람만 불었을 뿐, 비는 내리지 않아 행사 진행에는 차질이 없었습니다. 약 이십오 분간 진행된 이번 불꽃 축제는 디트로이트 다운타운의 마천루와 함께 짝을 이루어 밤하늘을 예쁘게 수놓았습니다. 이를 보는 관중들의 탄성도 계

속 이어졌습니다. 한편, 행사 도중, 디트로이트 콜맨 영 시정 센
터 옆 하트 플라자에서 총소리가 들려 많은 관중들이 행사장을 빠
져나가며 혼란에 빠졌지만, 다행히 다친 사람은 없었습니다. 이상
은……

*

불꽃 축제는 꿈에서 계속되었다. 안젤라 고와 데레사 김, 그리
고 여길남 할머니가 한 배를 타고 디트로이트강을 왔다갔다하며
불꽃 축제를 구경했다. 그들이 어떻게 한자리에 모였는지 알 수
없었다. 이상한 일은 아니었다. 그들은 서로에게 이야기를 했다.
그런데 그 말이란 오랜 유배생활에서 입에 밴 일방적인 혼잣말이
었다. 그들의 말소리는 커지고 커져, 불꽃 소리를 덮고, 총성을 뒤
덮었다.

*

밤새 세 개의 문자가 도착해 있었다. 하나는 지훈의 것이었고,
다른 두 개는 최주간과 홍선생의 것이었다. 지훈은 내가 귀국을 앞
당길 수 있는지 물었고, 이유는 다시 해외로 파견 나가게 되었다는
내용이었다. 최주간은 내가 디트로이트에 머물 수 있는 방법을 알

아보겠다고 했다. 홍선생은 이번에도 두 마디, 이메일을 확인하라
고 했다. 어느 것이든 내용은 하나, 어느 쪽이든 나는 없었다.

소설 속에 인용된 디트로이트 불꽃 축제 기사는 미시건 코리아 타임스(2013.
6. 25)에서 인용한 것임을 밝힌다.

몽소로

저 꽃들은
이 세상에서 나의 유일한 동족일지 모른다,
아니 바로 나의 동족이다.
　　—장 주네, 『장미의 기적』에서

　　미인은 몽소로에 도착한 지 보름이 넘도록 도마뱀이 아주 가까이, 예를 들면 하루에도 몇 번씩 오르내리는 나선형 계단 아래, 매일 지나다니는 길과 강변에 살고 있었다는 것을, 미인과 무관하게 수백 년 전부터 마을의 화석화된 벽과 그 아래 세워놓고, 쌓아놓고, 깔아놓은 돌 틈 사이로 나타나고 사라지고 있었다는 것을 알지 못했다.

*

　미인이 재키 씨의 지트에 도착한 것은 여름이 본격적으로 시작되는 6월 30일 오후 다섯시경이었다. 재키 씨의 집은 도로에서 비어져들어온 소로小路 끝에 있었고, 미인은 클레마나라 불리는 지트에서 여름을 보내기로 되어 있었다. 미인은 재키 씨가 이메일로 알려준 대로 암청색 페인트가 칠해진 철대문 옆 하얀 우편함에서 메모지와 열쇠가 든 봉투를 꺼내, 열쇠로 대문을 열고 안으로 들어갔다. 잔잔한 자갈이 깔린 중앙 뜰과 뒤뜰로 이어지는 돌계단 옆에 이층짜리 별채 형식의 지트를 확인했다. 지트는 떡갈나무가 지붕을 덮을 정도로 우거져 있었고, 외벽에 나선형 계단이 설치되어 있었다. 미인은 천천히 주위를 살펴보았다. 뒤뜰로 이어지는 돌계단 위로 등나무 넝쿨 아치가 세워져 있었고, 울타리와 화단에 장미와 라벤더, 안개꽃 등속이 피어 있었다. 전체적으로 사진으로 본 것과 같았다. 재키 씨가 보내준 설명에 따르면, 마을은 석회암층으로 이루어져 있고, 이 돌로 성을 쌓고 집을 지었는데, 돌을 파낸 동굴들은 포도주 저장소와 버섯 재배소로 사용되고 있었다. 미인이 머물게 될 지트도 바로 그런 돌집으로 중세기에 지어진 것이었다. 그러고 보니 재키 씨가 사는 본채나 미인이 체류하게 될 지트나 외벽이 공룡뼈 화석 같았다.

미인은 몽소로에서 혼자 일주일을 보냈다. 하필 탑승하는 날 새벽 한반도를 덮친 태풍 때문에 모든 일정이 어그러졌기 때문이었다. 비행기는 출발 당일 이륙하지 못했고, 제주도의 작은 포구에 살던 경선의 노모는 강풍에 휩쓸려 급작스럽게 세상을 떴다. 경선은 모친상을 치르러 제주도행 비행기를 탔고, 미인은 예정보다 하루 뒤에 샤를드골공항에 착륙했다. 재키 씨는 미인을 맞이하지도 못하고 우편함에 열쇠꾸러미를 넣어놓고 딸의 출산에 맞춰 대서양의 어느 항구로 떠났다. 미인은 화석화된 중세의 돌집에서 줄지어 피어나는 꽃들에 적응하며 혼자 지냈다. 서머타임제로 밤 열시가 넘어서야 어두워졌고, 티브이에서는 월드컵 경기가 한창이었다.

*

마을은 몽소로 고성古城을 에워싸고 형성된 강변에 자리잡고 있었다. 파리에서 서쪽으로 약 삼백팔십 킬로미터 떨어진 곳으로, 실제 거주자가 채 오백 명이 되지 않을 정도로 작았다. 프랑스 사람들도 어디인지 잘 모르는 몽소로를 한국인인 미인이 알고 간 것은 아니었다. 어떤 한국인은 프랑스인이 모르는 몽소로 같은 데를 알고 가는 경우도 있겠지만 미인은 대부분의 프랑스인이 모르는 몽소로 같은 데를 아는 한국인은 아니었다. 미인이 몽소로에 대하여 하나쯤 이야기할 수 있게 된 것은 체류한 지 한 달여가 지나 떠날 무렵이었다. 구글 맵에서라면 동서남북 가늠하기가 쉽지만, 그런 것 말고, 몽소로에 대하여 말할 때 이야기할 만한 것들은 무엇이 있을까. 왜 몽소로이고, 몽소로는 무엇인가. 몽소로에 관해서라면 일단 재키 씨 부부와 그 이웃들의 대화에 동참하는 것이 좋았다. 그들의 대화는 감탄으로 시작해서 길게 이어지는 수다이기 일쑤였다. 미인은 누가 말을 걸어오지 않는 한 먼저 다가가 말을 거는 쪽이 아니었으므로 재키 씨 부부와 나누는 대화가 거의 전부였다.

사흘 후에 돌아온다던 재키 씨 부부는 일주일 후에야 나타났다. 이 부부와의 대화에는 몽소로와 라로셸이라는 지명이 자주 등장했다. 라로셸은 몽소로에서 서쪽으로 약 이백오십 킬로미터 떨어진 대서양의 항구였다. 재키 씨 부부는 세 살 여자아이와 다섯 살 남자아이를 데리고 와서는 이틀 후면 애들 어미 아비가 와서 데려갈 것이라고, 어린아이들이니만큼 소란하고 시끄러울 것이라고 미안한 표정으로 양해를 구했다. 미인은 아이들을 싫어하지 않는다고 말해주었다. 그러자 재키 씨 부부는 정말 고맙다고 얼른 말하면서, 딸아들 셋에 손자 손녀가 다섯, 아니 엊그제 손녀가 또 태어났으니 여섯이라고, 묻지도 않았는데, 덧붙였다. 그러고는 이 아이들이 가면 또다른 아이들이 올 것이라고 말했다. 미인은 난감

한 기분이 들 새도 없이 아이들을 좋아한다고 말해주었다. 그러자 재키 씨 부인은 정말정말 고맙다고, 아이들 보느라 허리가 휘고, 차례대로 피어나는 이 예쁜 꽃들을 바라볼 새도 없이 폭삭 늙어가고 있다고 한바탕 넋두리를 풀어놓았다. 아이들을 싫어하지도 좋아하지도 않았던, 한마디로 아이와는 무관하게 살아온 미인은 갑자기 아이들이 이리 뛰고 저리 뛰며 내지르는 소리가 끊이지 않는 집에서 여름을 보낼 생각을 뒤늦게 하느라 정신이 없었다. 뒤뜰에서 달려오는 남자애를 소리치며 쫓아오던 여자애를 재키 씨 부인이 두 팔로 붙잡아 고개를 설레설레 저으며 안으로 데리고 들어가자 이번에는 재키 씨가 미인을 뒤뜰로 이끌었다.

삼십 년을 은행의 재무 담당으로 살았다는 재키 씨는 파리에서 몽소로로 내려온 뒤 이십 년 동안 만능 은퇴자의 면모로 농부이자 목수이자 가드너로 변신했다. 그는 뒤뜰 채마밭의 가지와 방울토마토, 아보카도와 호두나무 군락, 그리고 지붕까지 뒤덮은 포도나무 넝쿨과 주렁주렁 매달린 포도, 중세의 화덕까지 안내하더니, 브르타뉴식 무뚝뚝한 영어로, 지금 보는 바와 같이 초목들이 울창하게 자라고 있으니 어두워지면 절대로 어떤 문도 열어놓아서는 안 된다고 힘주어 말했다. 그 말이 끝나기가 무섭게 다음날부터 삼십칠 도를 웃도는 이상고온이 시작되었고, 재키 씨의 자랑스러운 중세 화덕이 갖춰진 뜰과 별채의 외벽은 땡볕 열기를 돌 속으로 고스란히 빨아들였다. 재키 씨의 말을 제대로 듣지 않은 것은 아닌데, 어느 날 밤에는 커튼에 가려진 채 꼭 닫히지 않은 창문 틈으로 들어온 하루살이떼로 밤을 하얗게 지샌 적도 있었다. 하루살이떼가 장악한 침실은 공포 그 자체였다. 문이란 문은 빈틈없이 닫은 채, 온종일 차곡차곡 달궈진 돌의 열기를 새벽녘까지 감당하기란 시련에 가까운 인내가 필요했다. 그런 몽소로에서 미인이 여름을 보내게 된 것은 순전히 경선 때문이었다.

*

경선이 야심한 시각에 프랑스에 가지 않을래? 라고 미인에게 제안한 것은 벚꽃이 막 피어나기 시작하는 4월 초였다. 미인은 뜬금없다고 생각했다. 웬 프랑스? 경선은 곰팡이와 버섯 연구로 박사학위를 받은 지 얼마 되지 않아 비슷한 주제로 국가 연구 프로젝트에 선정되었다며 여름이 되면 석회동굴들이 많은 프랑스의 시골 마을로 떠날 것이라고 했다. 미인은 망원동의 셰어하우스에서 경선과 이 년 넘게 살고 있었다. 한 삼 개월 머물게 될 거야. 여름이면 셰어하우스의 계약이 만료되는 시점이었다. 경선은 어차피 여름 동안 지낼 거처와 자동차를 렌트할 것인데, 미인이 함께 가겠다면, 자동차 열쇠는 미인에게 넘겨준다고 했다. 오른발을 약간 저는데다가, 운전을 못하는 경선으로서는 그럴 수밖에 없는 일이었다. 프랑스의 시골 마을에서 동굴들을 자유롭게 돌아다니려면 달구지 같은 고물차라도 한 대 필요했다. 뭐, 못 갈 것도 없지. 미인은 이것저것 재지 않고 즉시 말해버렸다. 달라지는 것은 크게 없었다. 미인은 6월 말부터는 그곳이 어디든 구상해온 광기의 인간들을 들여다볼 생각이었고, 경선에게 얹혀살다시피 해온 셰어하우스 생활이 망원동에서 프랑스의 어느 마을로 옮겨지는 것뿐이었다.

*

몽소로 마을의 생활 속도는 강물의 유속과 비슷했다. 재키 씨부부는 매주 바뀌는 아이들을 지프차에 태우고 섬으로, 계곡으로 바캉스를 떠났다. 마을 사람들은 대부분 도보 생활자들이었다. 자동차를 이용해도 제한 속도 삼십 킬로와 오십 킬로 사이로 운행했다. 그도 그럴 것이 거주자들의 평균연령이 팔십 세 내외의 고령자들이었다. 영국인들이나 네덜란드인들이 여름 한 철 지내러 오는 세컨드하우스들이 많았고, 게이코라는 일본인이 한 명 거주하고 있다고 재키 씨에게 들었는데, 미인이 만난 적은 없었다. 근처 일본 정원에서 근무하는 연구원으로 오키나와인지 나가사키인지 본국으로 휴가를 떠났다고 했다. 마을 사람들은 동양인이라면 게이코 씨 하나로 통했다. 미인도 게이코였고, 경선도 게이코였다.

게이코 씨는 독신이었고, 인상은 차분하고, 창백하며, 고요했다. 나이는? 서른다섯? 마흔? 재키 씨 부부는 게이코 씨의 나이를 알아맞히는 것은 아주 어려운 일이라고 했다. 미인과 경선도 어떤 면에서는 게이코 씨와 같았고, 어떤 면에서는 달랐다. 경선은 도착한 다음날부터 곰팡이와 버섯 연구차 이 동굴 저 동굴들을 오갔다. 미인은 폭염 속에 발자크, 주네 같은 광기의 작가들 이력에 빠져서 시달렸지만, 정지된 듯 흘러가는 중세 마을의 흐름에는 그럭저럭 적응했다.

마을은 집안이나 밖이나, 눈 닿는 데마다 여름꽃들이 한창이었다. 꽃들의 생기가 사라져버린 겨울이면 화석화된 돌집과 동굴로 이루어진 마을은 폐허나 다름없이 적막하기 그지없을 것이었다. 미인은 아침 여덟시면 접시꽃들이 색색으로 경쟁하듯 꽃대를 피워올리는 골목길을 걸어 빵집에 다녀왔다. 이백 미터 남짓한 이 소로에는 거동이 불편한 고령의 노부부들이 살았는데, 집집마다 접시꽃들이 담장을 지키고 있었다. 마을의 상징화인지 접시꽃들은 강둑을 따라 하얗게, 빨갛게 무리 지어 피어 있었고, 거대한 포도밭 고원으로 올라가는 비탈진 마을길을 따라서도 골목골목 피어 있었다. 미인은 강둑을 걸을 때나, 비탈길을 오를 때나, 접시꽃을 의승화라 부르던 할머니를 생각했다.

미인은 중학교에 진학할 때까지 대부분의 방학을 보령의 할머니 댁에서 보냈다. 할머니는 마을에서 현여사로 통했다. 현여사의 집 안팎에도 접시꽃이 피어 있었다. 한여름 접시꽃은 미인의 키를 훌쩍 웃돌았다. 현여사는 미인이 의숭화처럼 키가 클 거라고 말하곤 해서 어린 가슴을 설레게 했다. 그렇다고 어린 미인이 접시꽃을 좋아한 것은 아니었다. 미인은 무궁화꽃과 접시꽃을 구분하지 못했고, 무궁화꽃도 접시꽃도 특별히 좋아하는 꽃이 아니었다. 그런데 몽소로에서는 강가에 무리 지어 피어 있어서인지, 수백 년 된 돌담을 배경으로 피어 있어서인지, 하루에도 몇 번씩 발걸음을 멈추고 꽃송이들을 바라보았다. 어느 꽃대는 미인보다 키가 커서 올려다보았고, 어느 꽃대는 이제 막 꽃대가 올라오기 시작해서 허리를 굽혀 내려다보았다. 골목 중앙에 고양이 세 마리와 사는 구십팔 세 아망딘 할머니 집 뜰에는 자색 접시꽃이 피어 있었는데, 색감도 자태도 고혹적이고, 고귀했다. 접시꽃 때문인지 미인은 처음 도착한 날부터 이 마을이 낯설지가 않았다. 마을에는 접시꽃뿐만이 아니라 현여사의 화단과 울타리에서 자라던 여름꽃들이 앞다투어 피어났다. 장미와 수국, 한려화, 백일홍, 금작화, 의숭화 그리고 능소화. 이름을 아는 꽃들보다 모르는 꽃들이 더 많았다. 부엌 창에서조차 갖가지 꽃들이 피고 지는 것을 볼 수 있었다. 미인은 오랫동안 잊고 살았던 유년 시절로 돌아간 기분에 휩싸였다.

접시꽃 무리 옆을 지나다니면서 여러 시기의 현여사를 생각했다. 특히 마지막 몇 년의 장면들은 영사기를 되감아 틀듯 되풀이했다. 일제강점기에 충청도 보령에서 태어났던 현여사는 해운대 바닷가 언덕에 있는 요양원에서 치매를 앓다 팔십팔 세에 세상을 떠났다. 미인이 계절에 한 번 현여사한테 내려갈 때면 요양원 담벼락에 동백꽃이 붉게 피어 있기도 했고, 연분홍 의승화가 피어 있기도 했다. 처음 일 년은 현여사가 두 발로 직접 걸어서 뜰로 나가 계절마다 피어나는 꽃들을 보았고, 이후 육 개월은 휠체어에 태워져 나가 벚꽃과 접시꽃을 보았다. 그리고 마지막 숨을 놓기까지 삼 년여 동안은 미인이 뜰에서 꺾어다주는 꽃을 가느다랗게 눈을 뜨고 볼 뿐이었다.

봉주르 마담, 봉주르 므슈. 미인이 아침마다 빵을 사러 지나갈 때면, 골목 어귀 앤티크 가게를 운영하는 노부부는 식당 문을 열어놓고 아침식사를 하고 있다가, 온 힘을 다해 반갑게 인사했다. 그러면 미인도 똑같이 온 힘을 다해 경쾌하게 화답했다. 노부부가 앉아 있는 식당의 처마 위에는 선홍색 능소화가 화관처럼 피었고, 집 앞에는 오십 년은 족히 넘었을 찌그러진 고물차가 세워져 있었다. 차 보닛 위와 바퀴 사이에 노부부만큼이나 고령으로 보이는 고양이 두 마리가 앉아 있거나 어슬렁거렸다. 미인이 빵을 사서 지나갈 때면, 노인이 챙겨주는 생선 뼈들을 느릿느릿 발라먹었다.

경선은 한 번도 아침 빵을 사러간 적이 없기 때문에, 미인이 보는 이러한 장면들을 모르고 지냈다. 미인은 능소화가 아침햇살에 찬란하게 빛을 발하고 흐드러지게 피었다가 시들어가는 과정을 의도치 않게 지켜보았다. 빵을 사러 아침 점심 저녁 그 옆을 지날 때면 반드시 발길을 멈추고 바라보았고, 어느 쪽으로든 꽃으로부터 멀어질 때에는 발걸음이 느려졌다.

*

폭염이 계속된 탓에 7월 중순부터는 부엌에서 조리가 가능하지 않았다. 동쪽에 위치한 부엌은 온종일 열기를 차곡차곡 벽에 흡수한 탓에 간단한 조리라도 하고 나면 실내는 불가마를 방불케 뜨거웠다. 경선은 아침 열시부터 저녁 일곱시까지 인근 버섯박물관의 별관인 동굴로 출퇴근을 했다. 가까운 동굴로 갈 때에는 걸어서 갔고, 그 외에는 미인이 운전하는 자동차를 이용했다. 경선의 연구 공간인 동굴 속은 서늘해서 긴소매 셔츠를 입어야 했지만, 미인은 불가마 같은 지트에서 긴 하루를 보내야 했다. 그나마 다행인 것은 오 킬로미터 반경 안에 장 주네가 수감되어 있던 퐁트브로 수도원 감옥이 있고, 이십 킬로미터 반경 안에 발자크가 태어나고 자라고 집필한 장소들이 있고, 삼십 킬로미터 반경 안에 미셸 푸코가 태어나고 묻힌 집과 무덤이 있는 것이었다. 모두 광기의 작가들이었다. 미인은 진전 없이 지지부진했던 이들에 대한 현장 답사와 집필 초안 작성을 하기 시작했다.

주네의 벽. 미인은 경선을 태워다주고 오는 길에 아니면 태우러 가기 전에 퐁트브로 수도원에 들렀고, 수도원 후문으로 들어가 옛 감옥의 긴 벽에 간간이 배치해놓은 벤치에 앉아 있다 나오곤했다. 그 벽을 미인은 '주네의 벽'이라 불렀다. 벽은 크기와 재질이 다른 돌들이 타원형 곡선으로 빈틈없이 메워져 있었고, 중앙에 두 개의 어긋난 눈동자처럼 구멍이 뚫려 있었다. 미인은 그 앞에 설 때마다 구멍으로 안을 들여다보고 싶은 충동을 느꼈다. 수도원의 일부 건물을 최고급 호텔과 식도락 식당으로 개조하느라 그랬는지, 벽에 배치된 벤치도 벤치 사이에 심어진 배나무와 사과나무들도 철저하게 자본이 투자된 디자이너의 콘셉트에 따라 설치되어 있었다. 12세기에 지어진 수도원은 많은 부속 건물을 거느린 대규모의 성채와 같았고, 옛 감옥과 가장 가까운 생브누아 예배당에서는 금요일마다 연주회가 열렸다. 이 예배당은 여러 시기에 걸쳐 여러 용도로 사용되었는데, 장 주네가 수감되어 있던 시절에는 수인들의 작업장이었다. 지금은 재단장하여 연주회가 열리는 날이면 환한 조명 아래 눈부시지만, 장 주네가 수감되었던 1920년대 당시에는 천장이 높은 차가운 돌덩어리 노역장에 불과했을 것이었다. 미인은 금요일마다 예배당에서 열리는 연주회에 갔다. 클

래식 애호가여서가 아니었다. 밤의 수도원, 깊어가는 밤의 수도원 벽과 회랑, 장 주네가 갇혀 있던 감옥의 형상과 분위기를 눈으로 직접 보기 위해서였다. 연주곡은 귀에 익은 것도 있었고, 처음 들어보는 것도 있었다. 연주자들은 모두 처음 들어보는 이름들이었다. 한번은 경선의 일이 늦게 끝나는 바람에, 연주회에 가지 못하는 상황이 발생했다. 다행히 연주자가 탄 기차가 한 시간 연착되는 바람에 연주가 한 시간 지연된다는 문자가 왔고, 미인은 오히려 시간이 남아 주네의 벽 벤치에 앉아 있다가 들어갔다. 예배당 무대 중앙에는 환한 조명 아래 프라고나르풍으로 아름답게 장식된 하프시코드가 한 대 놓여 있었다. 곧 장 롱도라는 하프시코드 연주자가 광야를 떠돌다 돌아온 탕아의 형상으로 긴 머리를 산발한 채 예배당 통로를 걸어 무대로 올라가서는 가타부타 인사도 시작 사인도 없이 몰아치듯 연주를 시작했다. 〈베르티고〉라는 처음 듣는 곡이었는데, 현으로 가슴을 휘감아주다가 망치로 두드려대는가 하면 다시 살랑이는 바람결로 애무하는 듯한, 다이내믹하면서도 섬세하고 현란하면서도 유려하기 그지없는 마법의 연주였다. 연주가 끝났을 때 미인은 어이없게도 자리에서 일어설 수 없을 정도로 기운을 빼앗긴 채 쉼없는 눈물을 흘리고 있었다. 그날 이후, 미인이 떠나는 날까지 떡갈나무 아래 지트에서는 하프시코드 연주가 흘러나오지 않는 날이 없었다.

*

　장 주네가 그렇게 위대한 사람이야? 저녁식사 내내 '장 주네
와 퐁트브로 감옥'을 들여다보느라 먹는 둥 마는 둥 건성으로 씹
는 미인을 보다못해 경선이 물었고, 미인은 위대하지, 라고 단호
하게 말했다. 미인은 퐁트브로 수도원을 설립했던 로베르 신부가
전면에 내세웠던 조화로운 인간 공동체의 이상과는 달리, 감옥의
비참한 장면들을 훑어보느라 흥분되어 있었다. 그러다가 미인은
이 수도원의 구성원과 구조를 주목해서 살펴보았다. 유럽에서 가
장 큰 규모의 이 수도원은 여성 공동체를 위해 남성 공동체가 헌
신하는 곳으로, 다수의 수녀와 소수의 남성 성직자로 구성되어 있
고, 수녀가 수도원장을 맡는, 일반적인 수도원과는 다른 전복적
권력구조였다. 인간에게는 남녀가 조화롭게 혼재해 있다는 것이
로베르 신부의 신념이었다. 미인은 수도원 곳곳에서 전시중인 기
획전들을 떠올렸다. 그중 하나가 페미니즘 주제로 '17세기 여성
의 존재'라는 제목이었다. 장 주네의 성정체성은 여성이었다. 그
렇다면, 퐁트브로는 그에게 어떤 공간이었나. 이곳의 체험을 소설
로 쓴 『장미의 기적』을 읽어야 했다. 미인은 경선과 대화를 더 이
을 수 없을 정도로 자료들을 좇느라 숨이 가빠졌다. 몽소로에 와
서 장 주네의 생애에 몰입하리라고는, 게다가 경선과 난해한 그
의 이력을 가지고 대화를 나누리라고는 전혀 생각하지 못한 일이

었다. 미인과 경선은 강둑에 있는 식당을 번갈아가며 매일 크렙으로 저녁식사를 했다. 꽃소금이라는 이름의 크렙 식당과 레이스 뜨는 여자라는 이름의 크렙 식당이었다. 미인은 꽃소금 집을 좋아했고, 경선은 레이스 뜨는 여자 집을 선호했다. 둘은 저녁식사를 마치고 강변으로 내려가거나 마을 뒤 고원으로 올라가 끝없이 펼쳐진 포도밭 사이 오솔길을 걷다가 석양이 완전히 지평선 너머로 넘어갈 때쯤에야 집으로 돌아왔다. 미인은 '장 주네와 퐁트브로 감옥'에서 눈을 떼고 경선을 바라보았다. 경선은 레이스 뜨는 여자 집에서 선호하는 양송이버섯 크렙을 음미하듯 천천히 먹었다. 미인은 장 주네에 대하여 어디에서부터 이야기를 해줘야 하나 잠시 머뭇거리다가 음, 장 주네는 위대한 도둑 시인이야, 라고 말했다. 도둑 소설가이고, 도둑 극작가이고, 도둑 지식인이고. 아무튼 도둑이 본질인 사람이야. 이학도인 경선과 문학도인 미인은 사람과 세상을 바라보고 평가하는 방식이 달랐다. 도둑질을 성스럽다고 여기고 실천한 장 주네를 경선으로서는 위대하게 볼 여지가 없을 것이다. 미인은 그렇게 생각했다. 그래서 생각해낸 것이 퐁트브로 수도원 벽에 새겨놓은 장 주네의 소설 한 단락이었다. 수도원 순례자들이 찾아오는 퐁트브로의 벽에는 장 주네의 소설 『장미의 기적』이 새겨져 있었다. 미인은 문장을 떠듬떠듬 읽었다.

프랑스의 모든 중앙 감옥들 가운데 가장 관심을 끄는 곳이 있는

데, 바로 퐁트브로 감옥이다. 그곳은 나에게 아주 참혹하고, 슬픈 기억으로 남아 있다. 여러 감옥들을 전전해 사정을 잘 알고 있는 죄수들이라면 퐁트브로라는 이름만 들어도 나처럼 마음의 동요를 일으키고 고통스러워할 것이다.

만약 장 주네가 일개 도둑으로 감옥에서 생을 마쳤다면 퐁트브로와 같은 명성이 높은 수도원 벽에 그 이름이 새겨지지 않았을 것이다. 그렇다고 장 주네의 글을 누구나 읽을 수 있는 것은 아니야. 미인은 경선에게 주네를 이해시켜야 한다는 연민 어린 강박증이 발동하고 있는 것을 느꼈다. 한 사람을 알아간다는 건, 그것도 그가 광기의 생애를 보냈다면, 인내력이 필요했다. 인내라는 것은 사랑과 마찬가지로 한 사람이 끌어모을 수 있는 에너지의 총량이었다. 소년 시절 감화원에서 처음 시를 쓰기 시작했다는 장 주네의 어휘력은 사전의 범주를 넘어섰고, 통상적인 선과 악의 개념은 전복되어 있었다. 그러나 이상한 것은 그의 문장을 따라가다보면 도둑질이라는 악이 아름답기 그지없는 숭고함으로 감동을 주는 것이었다. 곰팡이와 버섯에 초점을 맞추고 사는 경선에게 사생아로 태어나 비렁뱅이 동성애자로 시인이자 극작가이자 소설가이자 사상가가 되기까지 다양한 종류의 감옥을 거쳤던 장 주네를 성자聖者라고까지 칭송한 철학자도 있다고 지나가는 말투로 덧붙였다. 그러자 경선이 말했다. 좀더 읽어줘. 벽에 새겨진 문장은 그게 다였다.

미인은 온라인 서점에서 『장미의 기적』을 찾아 미리 읽기 서비스를 클릭했다. 소설의 삼십 페이지가 제공되고 있었다. 미인이 읽은 문장은 소설의 서두였다. 미인은 경선이 원하는 만큼 이어서 읽어주었다. "죄수들을 지배하는 그 강력한 힘의 본질이 무엇인지 나로서는 도저히 밝혀낼 수가 없다. 그 힘이 감옥의 역사에서 비롯된 것이든, 과거 그 자리에 있던 수녀원의 수녀들 때문이든, 아니면 그 감옥의 외관이나 담벼락이나 담쟁이넝쿨 때문이든, 기아나로 떠나는 도형수들이 머물던 곳이기 때문이든, 다른 곳보다 흉악한 죄수들을 수감하고 있기 때문이든, 혹은 퐁트브로라는 이름 때문이든 아무래도 좋다. 내게는 모든 이유 외에 또하나의 이유가 있다. 퐁트브로 감옥은 내가 메트레 감화원에 있었을 때, 즉 내 소년 시절의 꿈을 키워준 일종의 성역이었다."

*

몽소로는 어느 날 갑자기 하늘에서 뚝 떨어지듯 미인에게 주어진 예외적인 곳이었다. 떠나오기 전 미인을 사로잡고 있던 불편과 부당의 감정은 폭염 속에 휘발되어버렸는지, 오직 시간의 흐름에 생체 리듬을 맡기고 있을 뿐이었다. 돌아가면, 피하고 싶은 현실이 기다리고 있었다. 곧 닥칠 일과 미처 마무리하지 못한 일들이었다. 강사법 시행으로 가을 학기부터는 수도권 대학들을 전전

하던 강의 노동자 생활도 정리될 판이었다. 호수공원 근처에 구멍
가게처럼 독립서점을 열었다가 이 년 만에 문을 닫으며 진 빚도
있었다. 버섯계에도 장 주네가 있어. 꽃소금 집에서의 저녁식사를
하던 중에 경선이 태연하게 주네를 입에 올렸다. 생양송이버섯 크
렙을 말끔하게 비우고, 조금 남은 시드르를 마신 뒤였다. 미치광
이버섯이라고. 갓을 쓴 독버섯이지. 미인은 미치광이라는 말이 귀
에 거슬렸다. 경선에게는 미인이 말하는 모든 것을 곰팡이와 버섯
으로 전환시켜 외계어를 통역하듯 자세하게 설명하는 버릇이 있
었다. 어쩌다 한번 입을 열면 백과사전적으로 모두 나열하고 끝을
냈다. 미인은 끝까지 듣거나 중간에 딴생각을 하거나 아예 부엌으
로 접시를 들고 가거나 커피를 내리거나 했다. 냄새무당버섯, 독
우산광대버섯, 알광대버섯, 흰알광대버섯, 미치광이버섯. 경선은
독버섯의 이름들을 주욱 나열했다. 미인은 스물을 넘고부터는 독
버섯 수를 세지 않았다. 경선의 입에서 나온 이름은 삼십 개는 족
히 되었다. 모두 식중독을 일으키는 맹독성 버섯들이었다. 어떤
것은 광대버섯류에 속했고, 어떤 것은 마귀과에 속했고, 어떤 것
은 먹물버섯과에 속했다. 미치광이버섯은 형태도 색깔도 살아가
면서 변해. 사생아, 비렁뱅이, 동성애자, 시인, 극작가, 소설가, 사
상가. 이것은 장 주네를 말할 때 이야기하는 생의 흐름, 지칭들이
었다. 그렇다고 살아가면서 형태도 색깔도 변해가는 미치광이버
섯으로 비유할 수 있는 것인가. 누구도 예외 없이 살아가면서 실

186

존적으로 변해간다. 변해가는 존재, 실존적인 존재, 그것이 우리의 본질이다. 내던져지듯이 태어나 경선처럼 곰팡이 버섯 연구자가 되는가 하면, 미인처럼 광기의 인간들에 매달려 허송세월하며 버섯 연구자에게 얹혀사는, 보기에 따라서는 자유롭기도 하고 불안정하기도 한 집필 노동자, 강의 노동자가 되기도 한다. 다년간의 셰어하우스 생활로 미인도 웬만큼은 경선이 말하는 바를 알아들었다. 평소에는 노란색인데, 상처가 나면 빨간색으로 변해. 피를 흘리는 것처럼. 미인은 경선의 말을 끊고 싶었다. 그러나 중간에 끼어들거나 중단시킬 수 없이 끝까지 듣고 있을 수밖에 없었다. 미치광이버섯으로 둔갑한 장 주네를 알기 위해서는 독버섯의 세계도 알아야 하는 것이었다. 사람마다 저마다의 광기가 있어. 미인이 장 주네를 두둔하듯 말했다. 미치광이버섯에 집요하게 파고들던 경선이 대상을 잠시 놓아보듯 어깨를 펴며 말했다. 왜 미치광이라고 부르냐 하면, 이 버섯을 우리가 먹으면, 신경계를 자극해서 흥분 상태가 되어 웃고 노래하고 춤을 추며 돌아다녀. 마치 환각에 빠진 것처럼. 경선의 설명에 이번에는 미인이 어깨를 으쓱하며 되물었다. 그런 사례를 직접 본 적이 있어? 이번에는 경선이 어깨를 으쓱하며 고개를 저었다. 그러고는 단호하게 말했다. 없어. 나도 보고 싶어 미칠 지경이야. 번득이는 경선의 표정과 말투가 너무 강고해서 미인은 내심 놀랐다. 대학 동향 모임에서 만나 십오 년 동안 관계를 유지해온 경선이 이 순간보다 더 낯설게 보인 적이 없었다. 경선은 계산서 위에 팁을 몇 푼 놓고는 자리에서 일어나 의자를 반듯하게 밀어넣고 밖으로 나갔다. 미인은 경선을 뒤따라 나가며 자신은 어떤 독버섯일까, 아니 경선은 어떤 독버섯일까, 궁금해졌다. 경선은 이미 오래전에 미인에 대한 분류를 마치고 매일 매 순간 연구 대상으로 바라보고 있었을지도 몰랐다. 생각이 거기에 미치자 경선의 태연해 보이던 시선이 예사롭지 않게 느껴지기 시작했다. 미인이 문밖까지 배웅하는 식당 주인과 시답잖은 대화를 좀 길게 하고 길을 건넜다. 경선이 강둑에 쭈그리고 앉아 돌 틈 속을 들여다보고 있었다.

*

도마뱀은 한 마리에서 두 마리, 세 마리, 열 마리, 날마다 늘어갔다. 미인이 퐁트브로의 장 주네에 집중하는 동안 경선은 도마뱀에 빠져들었다. 도마뱀도 버섯만큼이나 이름도 크기도 종류도 다양했다. 바실리스크도마뱀, 사막도마뱀, 목도리도마뱀, 코모도왕도마뱀. 경선은 도마뱀 블로그에 열중하더니, 실제로 키울 생각을 했다. 미인은 파충류에 속하는 생물을 생래적으로 꺼렸다. 경선은 미인에게 소뮈르 시내에 있는 반려동물 가게에 데려다달라고 번질나게 요구했고, 도마뱀을 기르기 위한 최적의 환경을 마련하고는 레오파드게코 도마뱀을 분양했다. 그리고 수를 늘려갔다. 도마뱀이 늘어갈수록 미인은 생명이 줄어드는 마법의 가죽을 뒤집어 쓴 것처럼 점점 오그라들었다.

*

　예정했던 기한을 한 달 남겨놓고 미인은 몽소로를 떠났다. 미인이 묵었던 침대 옆 선반에는 어느덧 다섯 마리의 도마뱀이 저마다의 환경 속에 저마다의 방식으로 숨을 쉬고 있었다. 경선은 미인이 일찍 떠나는 이유를 굳이 묻지 않았다. 미인도 떠날 수밖에 없을 만큼 참을 수 없는 것이 도마뱀인지 경선의 시선인지, 둘 다인지 판단할 수 없었다. 재키 씨 부부가 얼떨결에 배웅을 나와 손을 흔들었고, 경선이 예의 태연한 시선으로 멀어지는 차를 바라보았다. 미인은 골목을 빠져나와 강변길로 접어들었다. 자동차는 시속 삼십 킬로로 꽃소금 집을 지나고, 레이스 뜨는 여자 집을 차례로 지났다. 강둑에는 하얗고, 빨간 접시꽃들이 배웅하듯 도열해 있었다. 돌 틈에서 나타났다 사라지는 작은 생명체를 유심히 들여다보던 경선의 모습이 떠올랐다. 미인은 손을 흔들듯 강바람에 나부끼는 접시꽃들을 백미러로 스치듯 떠나보냈다.

영도

섬은 회색 그림자에 잠겨 있었다.

*

영도에 도착할 때까지 재인은 그곳에 대해 특별히 아는 것이 없었다. 특별한 것, 어떤 마음이라고 해두자. 어떤 도시, 어떤 이에게 갖는 특별한 마음을 '관심'이나 '사랑'이라고 해두자. 재인은 영도에 별 마음이 없었다. 그도 그럴 것이 재인의 삶에는 영도와 관련된 것이 아무것도 없었다. 하다못해 SNS에 떠도는 사진들조차 재인을 피해 달아나기라도 한 듯 눈에 띄지 않았다. 그런데 지난 10월 초부터 재인의 삶에 영도가 개입되기 시작했다. 발단은 리스본에서 온 조아나에게 있었다. 서울에 도착한 첫날 조아나는 연남동 재인의 집 근처에서 한식으로 저녁을 먹었다. 저녁식사를 마치고 둘은 동교동 쪽으로 향하는 경의선숲길을 걸었다. 재인은 곧 이르게 될 홍대 앞에 대해, 어떤 것을 들려줄까 생각하다가, 라이브 클럽부터 말하기 시작했다. 재인의 말에 귀를 기울이고 걷던 조아나가 뜬금없이 "영도는 얼마나 멀어?" 하고 물었고, 재인은 하던 말을 멈추고 "영도? 부산 영도?" 하고 되물었다. 조아나는 고개를 끄덕였고, 재인은 영도에 대한 개인적인 기억 따위를 살펴볼 것 없이 즉시 스마트폰을 꺼내 Q 비서에게 물었다. Q 비서는 재인이 AI 음성 비서에게 붙인 애칭이었다. 재인이 능숙하게 다룰 줄 몰라서인지 Q 비서는 엉뚱한 대답을 잘했다. 영도까지 얼마나 걸리는지 알려줘. 아니. 영도까지 몇 킬로미터인지 알려줘. 영동이 아니고. 영. 도. 부. 산. 영. 도. 여엉도.

조아나로 말할 것 같으면 리스본에서 태어나고 자란 리스본 여자였다. 선원의 딸로 태어나 아말리아 로드리게스 같은 파두 가수이자 배우가 되려는 열병으로 십대와 이십대를 날려버리고, 태주 강 동쪽 기슭 골목 귀퉁이에 있는 삼층짜리 레지던스 관리인으로 일했다. 그나마 배우가 되어 할리우드로 진출하려고 영어 회화를 열심히 익힌 결과였다. 레지던스 이름은 아탈라이아, 겨울에도 예약률이 구십 퍼센트를 상회하는 바이후 알투 지역의 인기 숙소였다. 지난겨울 재인이 아탈라이아에 열흘여 머문 이후, 친구 비슷한 관계를 이어왔다. "조아나, 영도에는 왜 가려고 하는데?" 재인은 경의선숲길을 빠져나와서 동교동으로 방향을 잡았고, Q 비서는 영도까지의 거리를 알려줬다. 재인과 조아나가 서 있는 지점으로부터 영도까지는 사백십오 킬로미터. 거리에서 그치지 않고 Q 비서는 묻지도 않았는데 영도에 관한 사진과 이야기들을 주욱 대령했다. 재인은 이제 조만간 영도에 갈 것이었다. 조만간이 언제가 될지 모를 뿐이었다. 그것은 당장 내일이 될 수도 있었다. 조아나가 리스본으로 떠나기 전, 그러니까 보름 안에 재인은 자신이 영도에 발을 들여놓을 것이라는 것을 알았다. 이러한 흐름은 재인에게 낯설지 않았다. 서울에서 포르투, 포르투에서 리스본으로의 돌발적인 여정 또한 이와 다르지 않았다.

가로등이 켜지는 순간에 낯선 도시에 도착하는 것은 마법의 세계가 열리는 경험을 하는 것과 같다. 저물녘에 도착한 재인에게 리스본은 거대한 달동네 같았다. 언덕에서 언덕으로 이어지는 골목들은 미로처럼 번져 있었고, 내비게이션도 무용지물, 방향을 가늠할 수 없었다. 골목은 한번 진입하면 앞으로만 나아가야 하는 일방통행로들이었다. 기주는 벽이란 벽은 온통 그라피티로 현란하게 채색된 골목통을 몇 번 반복해서 돌더니 한 귀퉁이에 재인을 떨궈놓고 서둘러 빠져나갔다. 온 길을 쉼없이 세 시간은 달려야 포르투에 닿을 수 있는 상황이었다. 기주로서는 조금도 지체할 틈이 없었다. 재인은 보릿자루처럼 바닥에 떨궈진 짐을 챙겨 주위를 돌아보다가 빨래가 널린 창틀 아래 새겨져 있는 '아탈라이아'라는 거리명과 맞닥뜨렸다. 그리고 그 아래 굳게 닫힌 한 칸짜리 쪽문과 마주했다. 문 오른쪽 상단 벽에 '레지덴타스 아탈라이아'라는 간판이 타일에 새겨져 부착되어 있었다.

조아나를 앞에 두고도 재인은 리스본에서의 모든 것이 비현실적으로 느껴졌다. 재인은 홍대 앞 쪽으로 걸어가면서 기억에 남아 있는 파두 몇 소절을 흥얼거렸다. *난 내 사랑을 알고 있어요. 당신이 떠나버린 것이 아니라는 것을.* 조아나가 그만, 그만하라는 듯이 웃으며 손을 저었다. 리스본에서 지겹도록 하는 일을 서울에 와서까지 환기하고 싶지는 않은 모양이었다. 재인은 짓궂게 계속했다. 조아나는 못 말리겠다는 듯이, 그럼 어디 얼마나 하나 들어보겠다는 듯이 귀를 재인 쪽으로 기울였다. *당신이 잘되기를 바랄 수 없어요. 난 운명에 따라 미쳐버리는 게 낫겠어요.* 재인은 조아나를 홍대 앞의 라이브 클럽으로 데리고 가려고 Q 비서에게 몇 곳을 묻다가 포기했다. 비서를 다루고 못 다루고의 기술적인 문제가 아니었다. 재인은 AI와 체질적으로 맞지 않았다. 열에 아홉이 그랬다. 아니 열에 열, 모든 것이 부담스러웠다. 부담스러움이란, 이용하는 것보다는 학습하는 것, 휴대하는 것이기보다는 모시고 있는 격에서 오는 것이었다. 그나저나 클럽이라면 서른 중반에 접어들었음에도 아직도 한창때라 여기고 있는 후배 에디터 상영이가 제격이었다. 조아나는 외모로 보나 창법으로 보나 아말리아 로드리게스보다는 마리자 쪽이었다. 재인은 포르투갈령 모잠비크 출신 마리자의 파두 공연을 본 적이 있었다. 아프리카계의 끈적하면서도 집요하게 파고드는 소울적인 관능이 파두에 녹아들어 관객을 제압하는 특이한 경험이었다. 상영에게 마리자의 유튜브 영상을 보내주고, 마리자와 닮은 조아나와의 클럽 투어를 제안하면 환호하며 즉시 접수할 것이었다.

조아나가 아니었으면 모르고 왔을 라이브 클럽들을 재인은 리스본에서 밤마다 드나들었다. 아탈라이아 옆 동네 알파마는 파두 클럽들이 수를 헤아릴 수 없을 만큼 성황이었다. 클럽들은 밤이면 앞다투어 피어나는 꽃들처럼 은밀하고 위협적이었다. 조아나는 클럽에서 탱고를 추기도 했고 파두를 부르기도 했다. 재인은 조아나를 따라 끝없이 두 갈래로 갈라지는 미로의 골목들을 요리조리 통과했다. 신기하게도 조아나가 지나가는 순간, 클럽 문 앞에 내건 오렌지, 레드, 그린, 블루의 등들이 환하게 켜지면서 고유의 색을 띠었다. 조아나는 팅커벨처럼 마법의 지팡이로 등을 터치하면서 어둠에 잠긴 클럽들을 일깨우는 듯했다. 아침이 되면 그 모든 것은 빛을 잃고 남루한 폐허의 문들로 굳게 닫힌다는 것을 알면서도 재인은 조아나를 따라 걸어가는 동안 가볍게 흥분되었다. 클럽에서 조아나는 엔딩곡으로 〈바르코 네그로〉와 〈말카디오〉를 번갈아 불렀다. 아탈라이아를 떠날 때쯤에는 조아나가 골목을 걸어가며 흥얼거리는 노래가 〈바르코 네그로〉인지 〈말카디오〉인지 구별할 수 있었다. *당신이 잘되길 바랄 수 없어요. 운명대로 난 미쳐버리는 게 낫겠어요.* 이것은 〈말카디오〉, '어두운 숙명'이라는 파두의 마지막 소절이었다. 재인은 파두와 같이 특정 민족의 한 서린 음악을 선호하지 않았다. 그래서 클럽 골목 아래 부두 쪽에 있는 파두박물관에도 딱히 들어가 둘러볼 생각을 하지 않았다. 조아나가 아니었다면 재인은 기주가 다시 올 때까지 아탈라이아에서 대부분의 시간을 보냈을 것이었다. 재인이 리스본에 온 것은 기주의 뜻이었다. 기주는 재인이 포르투에 와서도 연남동에서의 휴일처럼 침대에 널브러져 보내는 것을 보다못해 리스본에 실어다놓고 가버린 것이었다. 조아나는 길고 비좁고 복잡한 골목통을 빠져나갈 때면, 〈바르코 네그로〉, '검은 돛배'를 흐느끼듯 읊조렸다. *난 내 사랑을 알아요. 당신이 떠난 것이 아님을.*

*

조아나가 보여준 사진은 두 장이었다. 출판사 B가 운영하는 북카페 푸엥에 막 자리를 잡고 앉은 참이었다. 둘은 경의선숲길에서

홍대 정문 앞까지 천천히 비탈길을 걸어올라와서는 곧바로 놀이
터 옆길로 접어들어 다시 걸어내려갔다. 조아나는 재인이 영도에
는 왜 가려고 하는지 물어보기도 전에 스마트폰 갤러리에서 사진
들을 빠르게 넘겨보다가 하나씩 내밀었다. 하나는 해안 절벽에 따
개비처럼 붙어 있는 울긋불긋한 집들 풍경이었고, 다른 하나는 보
리밭 한가운데에 입성이 꾀죄죄한 꼬마들이 웃는지 찡그리는지
놀라는지 경계하는지 애매한 표정으로 옹기종기 붙어서 있는 모
습이었다. 전자는 여행 블로그에서 볼 수 있는 해안 마을 장면이
었고, 후자는 육이오전쟁 직후 찍힌 다큐멘터리 사진이었다. 보리
밭 사진이 흑백이 아닌 컬러라는 것이 재인의 눈길을 끌었다. 보
리가 발목까지 파랗게 올라와 있는 것으로 보아 오뉴월 초여름이
었다. 아이들은 예닐곱 살 정도로 보였고, 남아들은 상고머리, 여
아들은 앞머리를 일자로 자른 단발머리였다. 얼굴들이, 아니 표정
들이 판박이처럼 닮아 있었다. 조아나는 아이들 중 유일하게 장대
를 어깨에 걸치고 서 있는 남아를 검지손가락으로 짚었다. 올망졸
망한 아이들 중에 키가 제일 컸고, 단추를 다 채우지 않아 배꼽 부
위가 불룩 밖으로 나와 있었다. 아이들은 모두 검정 고무신을 신
고 있었다.

　"이 사람을 알아?" 재인이 조아나에게 물었다. 조아나는 파두
를 시작할 때처럼 입술 안쪽을 살짝 깨물고는 시선을 창밖으로 던

지며 말했다. 몰라. 그러면 그렇지. 재인도 조아나가 바라보는 창
쪽으로 시선을 돌렸다. 재인의 시선이 조아나의 높고 날카로운 콧
날을 스쳤다. 창밖에서는 은행잎들이 노랗게 나부끼며 떨어지고
있었다. 한차례 바람이 지나간 모양이었다. 둘은 잠자코 유리창
너머를 바라보았다. 어떤 은행잎들은 한 바퀴 빙글 돌면서 떨어졌
고, 어떤 은행잎들은 무리 지어 쏟아져내리듯 떨어졌다. 영도에
가야 해. 조아나가 다시 사진으로 눈을 돌려 입을 열었다. 영도.
영도. 조아나의 영도는 수백 번 수천 번 되뇌어본 발음이었다. 재
인은 조아나의 영도, 사진 속 아이들을 들여다보았다. 장대를 어
깨에 매고 있는 아이는 코흘리개 꼬마였으나 눈초리가 매섭고 다
부져 보였다. 아이의 어깨에 걸쳐진 장대로 할 수 있는 것들을 생
각해보려고 했으나 떠오르는 것이 없었다. 사진이 피란기에 찍힌
것이니, 그가 살아 있다면 칠십이 훌쩍 넘은 노인이 되어 있을 것
이었다. 재인은 조아나의 입에서 영도가 나올 때부터 뜬금없다고
생각했다. 그러나 때로 전혀 생각하지 못한 어떤 장소가, 전혀 생
각하지 못했던 지인과 연결되는 경우가 종종 있었다. 재인에게는
조아나와 기주가, 조아나에게는 재인과 기주가 전혀 만날 수 없는
다른 세계 사람들이었다. 그들은 서로를 알았고, 서로를 몰랐다.
영도로 가기 전까지는.

*

    재인과 조아나가 부산행 KTX에 탑승한 것은 금요일 저녁 일곱 시였다. 조아나는 1호차에 재인은 18호차에 탑승했다. 1호차와 18호차는 열차 진행 방향의 처음과 끝에 위치했다. 금요일 저녁 부산행 열차 티켓은 일찍 매진된다는 것을 재인은 처음 알았다. 영도행은 오후에 갑자기 결정된 것이었다. 둘은 원서동에 있는 포르투갈 문화원에 들렀다가 북촌을 산책중이었다. 토요일 점심으로 잡혀 있던 미팅을 일주일 뒤로 변경할 수 있느냐는 에디터 P의 문자를 받자마자 재인은 조아나에게 말했다. 가자, 영도로! 둘은 집으로 달려가 간단한 짐과 노트북을 챙겨 서울역으로 향했다. 그리고 매표소에서 취소 좌석이 나오는 대로 잡았다. 재인과 조아나는 테이크아웃 커피를 들고 9호차 앞에서 좌우로 헤어져 각자의 열차 칸으로 탑승해 자리를 잡았다.

    영도에서의 하룻밤. 숙소는 조아나의 몫이었다. 아니 영도에 관한 한 조아나에게 맡기기로 했다. 영도에도 아탈라이아와 같은 레지던스가 있을까. 재인의 말에 조아나는 대뜸 그 집에 갈 것이라고 말했다. 그, 집? 역시 조아나는 아탈라이아의 관리인다웠다. 영도의 숙소에 관한 한 조아나의 조사가 끝난 것이었다. 조아나, 이번 참에 영도에 눌러사는 것은 아니야? 각자의 열차 칸 방향으로 돌아서며 재인이 조아나에게 웃으면서 농담으로 한 말이었는데, 걸으면서 그럴 수도 있겠다는 생각이 들었다. 영도의 조아나, 아니 조아나의 영도. 그러면 영도의 밤마다 파두의 시대가 열리는 것인가. 재인은 생각만으로도 조아나의 무대를 보고 있는 듯했다. 밤마다 선원과 외지인들이 조아나에게 모여들고, 조아나는 파두를 부르고. 재인은 〈어두운 숙명〉보다는 〈검은 돛배〉를, 아니 〈검은 돛배〉보다는 마리자의 〈하얀 장미〉를 부르는 조아나를 상상했다.

*

재인은 자리에 앉자마자 곧바로 소설가 H의 '작가의 말' 파일을 열었다. 재인에게 파일이 들어 있는 USB를 건넨 것은 조아나였다. 그리고 그것은 기주와 조아나, 아니 조아나와 기주가 만난 적이 있다는 것을 공표하는 것이었다. 조아나는 재인에게 파일을 건네면서 말했다. 재인, 부산에 도착하면 무슨 내용인지 말해줘. 그때까지 재인은 그것이 기주의 것인지 꿈에도 생각하지 않았다. 포르투로 떠나기 전 기주는 에디터로 일하면서 한국문학 전공자로 박사 논문을 준비했다. 그런데 이 년 전 아버지의 장례식을 치른 뒤, 무슨 연유인지, 모든 것을 접고 포르투로 떠났고, 도루 강변 기슭에 허름한 집을 얻어 눌러앉았다. 재인이 포르투에 갔을 때 기주는 그의 표현대로 '이 년간의 무위도식에 종지부를 찍고',

전공으로 복귀해 최근 요절한 소설가 K의 평전을 시작한 상태였다. 소설가 H는 소설가 K가 죽기 전 사 년간 부부로 살았다. 소설가 K의 죽음은 소설가 H에게 어떤 영향을 미쳤는가. 둘이 만났을 때에는 소설가 K의 존재감은 미미했고, 소설가 H의 위상이 압도적이었다. 그런데 사 년 동안 소설가 K에게 필력도 문운도 집중됐다. 그 기간은 소설가 H가 임신을 하고, 육아를 하고, 소설쓰기와 에디터 업무에 복귀하는 데 걸린 시간이었다. 그녀의 복귀와 동시에 소설가 K가 암으로 사십사 일 만에, 눈 깜짝할 새에 죽었고, 소설가 H는 세 살배기 아들을 데리고 악전고투의 전장에 내동댕이쳐졌다. 이것이 재인이 파악한, 소설가 H를 중심으로 작성된 이력 사항이었다. 만약 소설가 K가 그때 죽지 않았다면, 아니 소설가 K와 결혼을 하지 않았다면, 소설가 H는 지금 어떤 이력을 보여줄까. 소설가 H에게 따라붙는 질문들을 재인도 어김없이 던지고 있었다. 재인은 생각을 훌훌 털어버리고 파일에 집중했다. 파일에는 소설가 H가 이십육 년 동안 출간한 소설책 열 두 권의 '작가의 말' 파일이 차례대로 편집되어 있었다.

재인은 리스본에서 돌아온 직후 일을 시작했는데, 육 개월 휴직계를 냈던 M사에는 복귀하지 않았다. M사는 열 개의 임프린트를 거느린 출판계의 대기업이었고, 재인이 일을 시작한 곳은 책상 하나만 덜렁 차지하고 있는 파주북시티의 인쇄소 옆 컨테이너 박스였다. 일차적으로 재인의 관심사는 시대에 앞서 세상에 나왔다가 사라진 숨은 책들, 초판에서 그친 숨은 작품들, 문학상 심사 최종 결정에서 순위가 뒤바뀐 작품들이었다. 재인은 부산에 도착할 때까지 기주가 수집한 소설가 H의 자료를 살펴보기 시작했다. 아무런 전갈도 없이, 그것도 전달자인 조아나는 아무것도 모른 채, 재인의 손에 원고 뭉치 파일이 와 있는 이 기가 막힌 상황을 당사자인 기주에게 물어보고 싶었으나 재인 역시 그에 상응하는 반전을 만들어야 하지 않을까 생각하며 폴더를 열었다. 소설가 H의 출간 이력에는 소설집이 압도적으로 많았고, 장편소설이 세 권이었다. 평균 이삼 년에 한 권씩 출간했고, 최근 몇 년 동안은 간격이 벌어지고 있었다.

어렸을 적, 어둠을 무서워한 나는 밤이면 주술을 걸곤 했다. 이 책은 밤이 불러낸 주술과도 같이 체계를 갖지 않은 말들로 얼룩져 있다.

이것은 소설가 H의 두번째 소설집 『밤은 말한다』에 수록된 작가의 말이다. 소설가 H의 첫 소설집 『이야기, 떨어지는 가면』에는 작가의 말이 아예 없었다. 헌사로 '나의 어머니께 바칩니다'라는 한 문장만이 책 서두에 있을 뿐이었다. 1990년대 초 당시의 관례인지, 같은 시기에 출간된 소설집들을 확인해볼 필요가 있었다.

재인은 식어서 미지근해진 커피를 마시며 여러 해에 걸쳐 쓰인 작가의 말들 사이를 오갔다. 소설가 H에게 집요해지고 있는 자신을 느꼈고, 잠시 화면에서 눈을 떼었다가, 다시 집중했다.

사랑하는 사람과 영원히 떨어져 살게 되면서 나에게는 집이 두 채가 되었다. 어디를 가든 누구와 함께 있든 그가 누워 있는 용인과 내가 살고 있는 일산의 집 한 채씩, 몸이 용인으로 향할 때는 마음의 반은 아이가 맡겨져 있는 일산 쪽에 남고 일산에 머물면서는 늘 용인 쪽으로 마음의 일부가 가 있다. 한 달에 한 번 꼴로 경주에 내려가 머무는데, 그곳에 누워 잠을 청할 때는 용인과 일산의 집이 두 개의 섬처럼 가슴 위에 떠 있다.

소설가 H는 첫 장편소설의 제목을 『행복』이라 붙였다. 그리고 작가의 말이 짧은 소설만큼이나 길게, 소설 앞에 배치되어 있었다. 이 책이 출간되기 전에 소설가 H는 『동행』이라는 소설집을 출간했다. 이 책에도 작가의 말 대신 '당신을 잃고 정신없는 중에'로 시작해서 '당신께 향하는 그리움이 흐르는 강물이라면 한 바다를 이루고도 넘쳐 대양이 되었을 텐데…… 당신도 그러합니까. 부디 편안하세요'로 맺는 긴 헌사가 붙어 있었다. 헌사에는 완당의 「그대가 내가 되면」이 소설가 H의 애절함을 전하는 시로 인용되어 있었다. 「도망悼亡」이라는 시를 현대적으로 번역하면서 붙인 제목이었다. 재인은 소설가 H를 만난 적이 없었다. 조만간 연락해 만나게 될지, 영영 만나지 않을지, 조아나와 영도에 머무는 동안 결심이 설지, 파주 사무실로 돌아가 더 들여다보고 결정할지 알 수 없었다. 재인은 소설가 H의 작가의 말을 계속해서 읽어나갔다.『행복』다음은『당신의 물고기』였다. 새로운 천년, 밀레니엄 시대를 여는 원년 5월에 출간된 네번째 소설집이었다.

사람들은 저마다 자기 안에 샤먼을 하나씩 가지고 있다. 드러내는 방식이 다를 뿐, 샤먼은 깊은 내면에서 살아 움직이고 있다. 샤먼이 왜곡되고 상처를 받았을 때, 우리는 불행을 느낀다. 글도 마음도 맑아지려고 노력했고, 이제는 정착하고 싶기도 하다. 그렇게 마음먹어도 삶은 또 나를 어디로 끌고 갈지 모른다.

재인은 소설가 H의 네번째 작가의 말을 읽다가 포털 사이트에서 이 책을 검색해보았다. 연두색 바탕 위에 은빛 물고기들이 미끄러지듯 유영하고 있는 표지였다. 재인은 작가의 말을 마저 읽고 차창 밖으로 눈길을 돌렸다. 열차는 몇 번인가 정차를 했다가 달렸고, 열차 천장에 부착된 안내 스크린은 시속 이백구십구 킬로로 김천 부근을 지나고 있음을 알리고 있었다. 재인은 자리에서 일어나 조아나가 있는 특실 쪽으로 열일곱 칸을 통과해 갔다가 조아나가 잠들어 있는 것을 보고는 다시 열일곱 칸을 이동해 제자리에

와 앉았다. 한칸 한칸 통과해 가면서 재인은 한 사람의 생을 한 장면 한 장면 거슬러올라갔다가 다시 제자리로 돌아오는 여정과 같다는 생각을 했다. 소설가 H는 이삼 년에 한 번 작가의 말을 썼다. 길게도 썼고, 짧게도 썼다. 소설가 H는 작가의 말로 시적인 산문 형태를 선호했다. 네번째 소설집 『당신의 물고기』와 두번째 장편소설 『춘하추동』 사이에 『아주 사소한 중독』이라는 중편소설을 한 권의 책으로 출간했는데, 시집 분량의 이 책에 붙인 작가의 말은 시적인 산문에서 아예 시의 형태로 이행되었다.

  나는 말하고 싶다. 말하고 싶은 것을 말하고 싶지 않다고.
  미쳐가는 것을 미쳐가지 않는다고, 사랑하는 것을 사랑하지 않는다고.
  아니, 사랑한다고
  이 소설은 그러한 모순 속에서 쓰여졌다.

  재인은 식은 커피를 남김없이 마셨다. 조아나가 포르투에 버스킹 갔다가 도루 강변에서 녹음했다며 보내준 〈어두운 숙명〉 파일을 찾아 이어폰으로 들었다. *난 기쁨으로 노래하고, 웁니다. 난 행복하지만, 비참합니다.* 소설가 H가 쓴 십여 편의 작가의 말 중에서 『아주 사소한 중독』의 첫머리에 붙여진 이 글은 여러모로 이질적이었다. 재인은 소설가 H의 반어법을 제대로 풀어내느라 그 글

을 태엽 풀린 시계처럼 되감아 다시 읽었다. 그사이 〈어두운 숙명〉
은 끝나 있었다.

꽃 속에 늙음을 두고 본다.
늙음 속에 관능을 놓고 본다.
파란 하늘에 구름이 흘러간다.
파란 하늘에 고압선이 흐른다.

알아듣지 못하는 언어들 세계에 출몰하면서
소통하려는 의지를 북돋지 않으면서
소통되는 것들에 가만 기울어지면서
한 시절 살았다.

『버스, 지나가다』의 작가의 말은 소설가 H의 글쓰기 자의식이
투영된 스타일이었다. 시 형식으로 두 연을 쓰고, 홑괄호와 쌍괄
호로 그즈음의 마음 풍경을 묶었다. 군더더기가 없었다. 2000년
여름부터 2001년 겨울까지 소설로 쓴 사랑론이었다. 인물들은 떠
나왔거나, 떠나고 싶어하거나, 떠나버렸다. 『이야기, 떨어지는 가
면』에서 『버스, 지나가다』에 이르는 십이 년 동안의 소설가 H의
삶에 무슨 일이 일어났는지, 어떤 마음으로 살았는지, 사랑은 언
제 왔다가 언제 갔는지 재인은 어느 정도 짐작할 수 있었다. 이렇

게 작가의 말로 만나기 전에 재인은 소설가 H의 이름은 익히 알고 있었어도 정작 그녀가 어떤 소설을 쓰는지에 대해서는 알지 못했다. 기주의 USB 파일을 열었을 때 소설가 H의 파일이 있었고, 리스본에서 파리를 경유해 귀국하는 비행기 기내 여행 책자에서 그녀의 이름을 보았던 것을 환기했을 뿐이었다. 재인이 소설가 H의 이름을 기억할 수 있었던 것은 그때 그녀가 쓴 글의 제목이 '파리에서 리스본까지'였기 때문이었다. 자동차로 대서양과 피레네를 넘어 이베리아반도의 서쪽 해안을 열흘 동안 탐사한 내용이었다. 내용에 따르면, 대서양 라로셸과 피레네 접경 지역 바욘, 그리고 스페인 게르니카와 빌바오, 스페인 산티아고를 거쳐, 포르투와 리스본에 이르는 여정이었다. 리스본에서는 사흘을 머물렀고, 페소아와 사라마구의 흔적과 파두박물관을 방문했던 내용을 두 단락으로 소개하고 있었다. 심도 있는 여행기라기보다는 떠나고 싶은 충동을 던져주는 인상기였다.

홀린 듯 썼다. 쓰고 나니 무엇을 썼는지, 누가 썼는지 아득했다. 소설이 씌어지는 동안 푸른빛 속에 있었다. 어디까지가 소설이고 어디까지가 현실인지 무엇이 환각이고 무엇이 실체인지 경계를 찾을 필요는 없다. 다만, 느낄 뿐이다.

한 사람의 생애를 알아간다는 것은 어떤 의미일까. 재인은 『당신의 푸른 눈』의 작가의 말에 이르러 오래전에 읽었던 사르트르의 소설 『구토』를 생각했다. 사르트르는 편집자의 말로 소설을 시작한다. 앙투안 로캉탱의 서류 속에서 발견된 기록을 아무런 수정 없이 발표한다고. 이것이 소설이라고. 로캉탱이라는 사람의 실존, 그러니까 그가 어떤 버릇을 가지고 있으며, 어떤 생각으로 주로 무엇을 하며 어디에서 언제부터 언제까지 살아가는지 보여준다. 소설가 H의 작가의 말은 열 편이었다. 재인은 열 개의 장으로 이루어진 소설가 H의 기록을 따라가고 있는 중이었다. 소설가 H의 생은 이제 중반을 넘어 후반으로 향하고 있었다. 『네 마음의 푸른 눈』에서 떠워올린 푸른빛의 환각이 『곡두』에서는 헛것 같은 사람에게 내려앉았고, 『저녁 식사가 끝난 뒤』에서는 그 사람에 대한 추모의 정으로 가득했다. 소설가 H가 이십오 년 동안 소설로 도달한 지점이었다. 초고속 열차의 속도감 때문인지, 한 작가의 생에 어른거리는 광기 때문인지, 재인은 멀미를 느꼈다. 재인의 머릿속은 소설가 H의 말들, 감정들로 꽉 차버렸다. 언제든 어느 한 구절이 비죽 튀어나올 태세였다. *잊자고, 잊어버리자고 했다. 옛사랑일랑은. 한 사람을 만난다는 것. 그리고 사랑한다는 것. 그것은 기적이다.* 어디에서부터 어디까지가 소설가 H의 말이고, 재인의 생각인가. 소설가 H에게 그 문장들은 어디에서 왔는가. *살다보면, 또는 쓰다보면, 길이 아닌 것 같은 곳에서 우연히 한 길이 나타나고, 한동안 그 길이 필연인 양, 그래서 운명인 양 그 길로 흘러간다.* 이것은 소설가

210

H의『춘하추동』에서 흘러나온 것인가.『내 남자의 책』에서 흘러나온 것인가. 어디까지가 재인의 고유한 생각이고 감정이고 말인가. 재인은 노트북을 덮었다. 열차는 부산에 가까워지고 있었다.

*

　재인은 어둠속에 반짝이는 언덕 위의 집들을 바라보며 리스본에 와 있는 착각에 빠졌다. 부산역에서 다리를 건너자 영도의 길잡이는 조아나였다. 재인으로서는 조아나를 위한 동행이었으나, 혼자만의 생각이었다. 둘은 부산역에 내려서 영도행 택시로 다리를 건넜고, 택시는 방파제가 시작되는 막다른 길에 멈추었다. 택시 기사는 시커먼 어둠 속을 가리키며 저쪽으로 이백 미터 정도 걸어올라가야 목적지가 있다고 알려주었다. 그곳은 영도에서도 리스본에서처럼 내비게이션도 Q 비서도 통하지 않는 구역이었다. 방파제를 지나자 파도 소리가 들렸고, 희미한 안개 속에 산책로가 나 있었다. 둘은 어두운 안개 속으로 걸어들어갔고, 얼마 지나지 않아 절벽과 바다 사잇길을 걸어가고 있음을 알았다. 절벽은 그리 위협적이지 않았다. 길 위에는 집들이 자리잡고 있었고, 아래에는 파도가 치고 있었다. 조아나가 선택한 숙소는 홍대 앞에서 보여준 두 장의 사진 중 첫번째, 흰여울마을 경사지에 자리잡은 방 한 칸에 거실 겸 부엌인 오두막이었다.

"조아나, 파두를 불러줘. 〈검은 돛배〉. 아니, 〈하얀 장미〉." 검은 물결이 흰 포말을 일으키며 밀려왔다 밀려갔다. 조아나는 들고 있던 소주병에서 한 모금 들이켜고는 재인에게 건넸다. 검은 물결 너머 등대 하나가 먼 행성의 별처럼 빛을 내고 있었다. 재인도 한 모금 들이켰다. 목구멍이 불타듯 따가웠다. 조아나, 그런데 말이야. 재인이 십삼 년 동안 알아온 기주의 삶에서 모르는 네 가지를 조아나는 알고 있었다. 하나는 기주의 아버지가 영도 출신이라는 것, 그리고 그 아버지가 영도 바다 앞에 뿌려졌다는 것. 기주가 포르투로 떠나버린 것이 그 아버지와 관계있다는 것. 그리고 더이상 기주는 포르투에 있지 않다는 것. 그럼 지금 어디에 있어? 재인이 물었고, 조아나가 고개를 숙였다. 몰라. 재인은 검은 물결 저 너머에서 별처럼 깜박이는 등대와의 거리를 가늠해보려 하다가 그만두었다. 그 순간 보리밭 가운데 서 있던 까무잡잡하게 그을린 아이들, 장대를 어깨에 맨 남아의 까만 눈동자가 떠올랐다. 재인은 무엇인가 떠올랐다는 듯이 갤러리 폴더에서 사진들을 찾았다. 포르투에서 기주와 찍은 사진이 한 장도 없었다. 재인도 그렇지만 기주는 사진 찍는 것을 좋아하지 않았다. 십삼 년 동안 기주와 함께 찍은 사진이 한두 장 있을까. 재인은 폴더를 닫으려는 순간 잘못 찍힌 사진 하나를 발견했다. 찍으려고 찍은 것이 아닌, 사진 찍히기를 완강히 거부하다 찍힌 얼굴 반쪽. 마치 피카소의 반

212

쪽 얼굴처럼 기주의 얼굴이 잘린 상태였다. 재인이 함께 찍자고 셀카 모드로 바꾸자 손사래를 치며 빠져나가려던 찰나에 찍힌 것이었다. 재인은 까맣게 잊고 있던 일이 사진을 보는 순간, 바로 지금 일어난 일인 양 되살아나는 것이 우스꽝스러울 뿐이었다.

　어둠이 내릴수록 파도 소리가 세졌고, 그만큼 바람도 강해졌다. 보리밭 가운데 서 있던, 장대를 어깨에 매고 서 있는 남아는 기주의 아버지였다. 재인은 조아나에게 사실이냐고 두 번 묻지 않았다. 그리고 이 년 전, 강남대로의 한 고층 오피스텔에서 투신한 모 선박 업체의 이사가 동일인임도 다시 묻지 않았다. 억울하게 연루되었든 그렇지 않든, 전적으로 판단 착오이든 그렇지 않든, 허공에 몸을 날린 아버지의 아들은 이후를 어떻게 살아가야 하는가. 그 생각뿐이었다. 따뜻한 봄날이었다고 조아나는 말했다. 조아나가 기주를 만난 것은. 재인이 아탈라이아를 떠난 두 달 뒤, 포르투에서였다. 조아나는 도루 강변에서 파두 버스킹을 했고, 앙드레라고 하는 강가 식당에서 저녁을 먹었다. 옆 테이블에 동양인 남자가 혼자 앉아 있었고, 조아나는 일행과 함께 저녁식사를 하다가 그 남자를 보았다. 그가 계산을 하고 자리를 뜨자, 조아나는 일행을 남기고 그를 따라갔다. 왜 그랬는지, 설명할 수 없어. 그렇지만 확실한 것은, 그렇게 해야 할 것 같았어. 안 그러면, 그다음은 생각하고 싶지도 않아. 조아나는 기주에게서 무엇을 보았을까. 재인은 조아나가 말을 이어갈수록 목이 조이듯 숨쉬기가 불편했다. 재인의 기주가 지금 말하고 있는 조아나의 그가 맞나 싶었다. 조아나는 그를 집요하게 따라갔고, 결국 그의 방, 그의 침대에서 함께 보냈다. 사흘을 그의 방에서 보내고, 리스본으로 돌아와 아탈라이아에 휴가계를 내고 다시 가보니 그는 떠나고 없었다. 조아나는 시간이 날 때마다 포르투로 달려갔다. 그리고 지난달 집주인은 조아나에게 그가 남기고 간 것이라며, 혹시 만나면 전해달라고 봉투를 내밀었다. 봉투 안에는 사진 두 장과 USB가 들어 있었다. "그런데 말이야, 조아나." 재인은 기주가 왜 조아나와의 관계를 한 번도 말하지 않았을까 생각하느라 조아나의 말을 건성으로 들었다. 돌이켜보니, 재인 역시 기주에게 조아나에 대해 말한 적이 없었다. 심지어 지금, 이곳, 영도에 조아나가 와 있다는 것조차 기주에게 알리지 않았다. 기주에게 알릴 필요가 없었다. 불과 몇 시간 전까지 재인에게는, 기주와 조아나가 아무 관계가 아니었다. 전혀 다른 공간, 다른 행성에서 살아가는 존재들이었다. 조아나는 그가 이 바닷가, 이 섬에 와 있다고 생각하는 걸까. 아니, 언젠가는 올 거라고 믿는 걸까. 기주에게 연락을 하는 것이 빨랐다. 기주와의 연락 창을 불러왔다. 기주와의 마지막 대화는 두 달 전이었다. 재인은 두 달 동안이나 기주와 연락을 하지 않고 보낸 사실에 깜짝 놀랐다. 기주는 소설가 K의 평전을 시작했다고 했고, 리스본으로 가는 마지막 열차를 기다리고 있다고 했다. 그리고 그것으로 끝이었다. 재인은 무슨 바쁜 일을 하고 있었는지 답장을 하지 않았다.

파도 소리와 파두 소리가 주거니 받거니 물결쳤다. 한 사람의 생을 알아간다는 것은 무슨 의미일까. "재인, 파두를 불러줘." 재인의 말투를 흉내내며 조아나가 말했다. 그러고는 밀려왔다가 밀려가는 검은 물결을 따라 몇 발짝 떼었다. 재인은 몇 번 신음소리를 내뱉다가 웃음을 터트렸다. 조아나, 차라리 춤을 추겠어. 재인은 일어나 발을 굴렀다. 기타라 연주자들이 추임새로 악기 판을 두드리는 흉내를 낸 것이었다. 재인의 발소리는 돛배에서 울리는 북소리 같았다. 어깨와 허리에 전류가 흐르는 듯 조아나는 리듬을 타기 시작했다. *당신이 있는 검은 돛배는 불빛 속에 너울거리고…… 당신이 뱃전에서 내게 손짓하는 걸 보았어요.. 바닷가 노파들은 당신이 오지 않을 거라 말하지만…… 난 내 사랑을 알아요*

창문으로 달빛이 비쳐 들어왔다. 재인과 조아나는 방바닥에 이불을 깔고 나란히 누웠다. 어둠 속에서 조아나의 숨소리가 가쁘게 솟아올랐다. 소주 탓이었다. 취기가 달아나면서 재인은 오래도록 잠들지 못했다. 조아나는 포르투갈어로 뭐라 뭐라 흐느끼다가 고요해졌다. 파도 소리가 잔잔하게 들려왔다. 소설가 H의 작가의 말은 이제 하나만을 남겨놓고 있었다. 무엇이든 하나쯤 남겨놓는 것이 더 오래 관계하는 것일지도 모른다. 조아나에 관한 것이든, 아버지에 관한 것이든, 재인에게 말하지 않았던 기주의 사정도 마찬가지 아닌가. 재인은 조아나의 손을 가만히 잡았다.

*

바닷가 절벽 위에 한 여인이 앉아 있었다. 멀리에서 실루엣만으로 보아 여인은 흡사 인어 소녀 같았다. 두 손을 무릎에 얹고, 고개를 숙이고 있었다. 여인은 해질녘이면 그 자리에 앉아 수평선을 바라보았다. 그리고 하늘도 바다도 어둠으로 수평선이 분간이 안 될 때까지 앉아 있다가 고개를 떨구었다. 새벽이 오고, 수평선에 그림자 하나가 어른거렸는데, 여인이 그토록 기다리던 배였다. 그 배는 차라리 안 오느니만 못했다. 재인이 잠에서 깨어났을 때 조아나가 보이지 않았다. 황급히 밖으로 나가보니, 산책로 끝자락 바위 위에 조아나가 앉아 있었다. 그리고 조아나가 바라보고 있는 수평선에는 하나 아닌 여러 척의 배들이 떠 있었다. 재인은 섬에 조아나를 두고 다리를 건넜다. 때로 엉뚱한 곳에 뜻밖의 삶이 깃들기도 했다. 어쩌다 사람을, 아니 사랑을 사랑하는 것처럼.

*

그림자가 걷힌 섬은 검은 돛배 같았다.

해운대의 상상력, 혹은 영도의 글쓰기

우찬제(문학평론가)

1. 「광장으로 가는 길」에서 「영도」까지, 중독 삼십 년

시간이 지날수록 더욱 오롯하게 밝아오는 게 있다. 아주 오래 전 일이지만 막 경험한 것처럼 만져질 듯 생생한 느낌을 주는 것들이 있다. 세상의 여러 '첫'들이 그럴 수 있으리라. 이를테면 '첫' 사랑이 그렇고 '첫' 작품이 그렇겠다. 한국문학 독자에게 작가 H 의 '첫' 역시 대단히 인상적이었다. "당신을 만든 당신 어머니의 첫 젖 같은 것./ 그런 성분으로 만들어진 당신의 첫."(김혜순, 「첫」, 『당신의 첫』, 문학과지성사, 2008, 25쪽)이라고 했던 김혜순의 시구를 떠올리게 하는 H의 그 '첫', 그 「광장으로 가는 길」을 우리는 오늘처럼 생생하게 기억한다. 그런데, 놀라워라. 어느덧 삼십 년이라니 도저히 믿기지 않는다. "어느 날, 나는 평소와 다름없이 그곳을 지났다."(『이야기, 떨어지는 가면』, 세계사, 1992, 118쪽)는 문장으로 시작하는 그 '첫'을 H가 우리에게 선사한 해가 1990년이었다. 삼십 년 전이다. 그 삼십 년 동안 H는 『이야기, 떨어지는 가면』(1992), 『밤은 말한다』(1996), 『동행』(1998), 『당신의 물고기』(2000), 『버스, 지나가다』(2002), 『네 마음의 푸른 눈』(2006), 『곡두』(2009), 『저녁 식사가 끝난 뒤』(2015)와 이번 『사랑을 사랑하는 것』(2020) 등 아홉 권의 소설집, 중편 『아주 사소한 중독』(2001), 그리고 『행복』(1998), 『춘하추동』(2004), 『꿈의 폴라로이드』(2007), 『내 남자의 책』(2011) 등 네 권의 장편을 썼다. 그뿐 아니다. 『하찮음에 관하여』(2002), 『인생의 사용』(2003), 『그리고 나는 베네치아로 갔다』(2003), 『나를 사로잡은 그녀, 그녀들』(2004), 『지금 살아있다는 것은』(2005), 『나를 미치게 하는 것들』(2007), 『소설가의 여행법』(2012), 『그림에게 나를 맡기다』(2013), 『파티의 기술』(2014), 『먹다, 사랑하다, 떠나다』(2014), 『무엇보다 소설을』(2017) 등 여러 산문집과 동화 『내 이름은 나폴레옹』(2003) 및 번역서에 이르기까지, 참으로 대단한 분량이다.

　　삼십 년을 거의 글쓰기로 이어온 게 아닐까 싶을 정도로 부지런히 써온 셈인데, H의 글쓰기는 오래된 농경적 상상력을 훌쩍 넘어서서 유목민적 상상력의 다채로운 산포도를 보인다는 점에서 더욱 이채롭다. 등단작 「광장으로 가는 길」부터 H의 글쓰기는 길 위에서 수행되는 듯 보였다. 앞에서 정리한 산문집 제목들이 환기하는 것처럼 H의 산문들은 주로 여행지에서 쓰인 것들이 많으며, 소설 또한 그러하다. 작가 윤성희가 "함정임 소설을 읽을 때면, 비행기 창에 이마를 맞대고는 몇 시간째 창밖을 보고 있는 아이의 뒷모습이 그려진다"(『네 마음의 푸른 눈』, 문학동네, 2006, 추천사)고 말했는데, 썩 그럴듯한 관찰이다. 쓰기 위해 여행하고, 여행하기 위해 쓰는 호모 비아토르(Homo Viator)의 초상을 H로부터 떠올리는 것은 차라리 자연스럽다. "소설가란 결국 정처 없는 여행을 하는 사람"이란 메시지를 분명히 천명한 산문집에서 H는 이렇게 적었다. "나의 소설에 관한 한, 동시에 여행에 관한 한, 눈을 뜨고 감을 때까지, 아니 죽을 때까지 중독자의 삶을 살아갈 것이다"(『소설가의 여행법』, 예담, 2012, 6쪽). 함정임 소설 삼십 년은 곧 소설쓰기와 여행하기, 혹은 여행하며 소설쓰기와 소설 쓰며 여행하기에 중독되었던 세월의 음표들이다.

첫 작품 「광장으로 가는 길」(『이야기, 떨어지는 가면』, 세계사, 1992)은 그런 삼십 년의 풍경을 예감케 할 여러 요소들을 담고 있는 문제작이었다. 첫째, 떠도는 호모 비아토르의 운명 수락하기, 혹은 길 위에서의 감각적 실존 경향. 이른바 1987년 체제를 배경으로 하고 있는 「광장으로 가는 길」에서 주인공은 길 위의 풍경과 조우하거나 교감하면서 자기 운명의 자리를 응시한다. 가령 "나는 끊임없이 새어나가는 빛들, 잎들, 바람들, 발들을 느끼고 있었다.

모든 길 위에서 움직이는 것들, 떠나는 것들, 그것들을 당장 눈앞에 보이지 않더라도 육감처럼, 당연히 있어야 할 건물이 거기, 그 자리에 일 년 내내 아니 허물어지기 전까지는 하나의 표적, 하나의 풍경을 이루고 있는 것처럼, 이 도시에서 저 도시로, 이 길에서 저 길로, 이 세상에서 저 세상으로 쉴새없이 흘러가고 밀려들어올 것이다."(121쪽) 같은 대목에서 인상적으로 가늠할 수 있는 것처럼 말이다. 이 호모 비아토르는 결코 한 목표 지점으로 직진하지 않는다. 이리저리 흘러가고 밀려들면서 계속 갈라지는 길에서 분열적인 그러나 새로운 발견과 인지의 충격으로 이어지는 여러 속의 존재가 된다. 일원적인 도그마와는 거리가 멀고 다원적인 현상, 그 풍경의 스펙트럼을 응시한다. 거대 서사의 뒤안에서 미소微小 이야기의 심연을 탐문한다.

둘째, 길 위에서의 역동적 관계 성찰과 우정 지향의식. "나의 육신과 영혼이 나의 존재와 나 밖의 무수한 대상들과 연결되어 있다"(같은 책, 119쪽)고 생각하는 주인공은 "길 위에 서면 어느새 나는 만인의 애인이 된 듯, 나 이외의 모든 길 위에 나선 사람들에게 사랑스러운 마음, 일종의 우정을 품게 된다"(같은 책, 121쪽)고 했다. 길 위에서 타인들을 만나고 타자들을 발견하고 소통하면서, 그 연결 속에서 나를 찾아나가는 모습이다. 물론 나를 찾는 것은 쉽지 않다. 그러므로 끊임없이 길 위에서 무수한 타인들과 넉넉하게 만나고 소통해야 함을 H의 인물들은 잘 알고 있다.

그리하여 셋째, 자기 탐색을 위한 호모 비아토르의 진정성 있는 여로. 「광장으로 가는 길」의 주인공이 "도대체 나는 어디로 흘러가고 있는 것일까" 혹은 "내가 지금 어디에 이르렀는가"(같은 책, 119쪽)라고 질문하거나, "'우정'이라는 표현을 빌려 하려는 말은 단지 내 속에서 자리잡고 있는 낯익은 형상들에게 부끄럽지 않게 올바른 이름을 붙여주고 싶어서"(같은 책, 122쪽)라고 말하는 대목들을 가로지르면, 나에게 올바른 이름을 붙여주기 위한, 리어왕이 그토록 절규했던 것처럼 내가 누구인지 말할 수 있기 위한 진정한 자기 이해와 성찰의 경로, 그것이 곧 길 떠나기와 소설쓰기라는 점이 추론가능하다. 나중에 H는 더 분명한 목소리로 "그 누군가가 자기가 누구인지 찾기 위해 길을 떠나는 이야기"(『내 남자의 책』, 뿔, 2011)가 바로 소설이라고 말하게 된다. 그 또한 길 위에서 터득한 메시지다.

넷째, 검은 어둠에 대한 근원적 관심과 푸른빛에 대한 비의적 탐문. 이십대 후반 젊은 인물임에도 그녀는 '죽음'은 "나와 상관없는 먼 곳의 일이 아니"(「광장으로 가는 길」, 124쪽)라고 생각하며 "살아 숨쉬는 죽음들. 딱정벌레 같은 죽음들"(같은 책, 125쪽)을 응시한다. 이 죽음들은 당시의 정치적 맥락에서만 그치는 것이 아니었다. 죽음을 통해 삶과 삶에 대한 사랑을 근본적으로 숙고하는 H의 상상력의 어떤 원형이며, 그런 경향은 「영도」에 이르기까지 반복된 문법이었다. 검은 어둠 혹은 잿빛 혼돈의 시절을 넘어서 푸른빛의 비의를 탐문하려는 노발리스나 카프카적인 발상을 H 또한 나눠 지니고 있다. 「광장으로 가는 길」에서 "왜 파란불이 켜지지 않는 것일까. 파란불만 켜지면…… 그래 파란불이 곧 켜질 거야"(같은 책, 123쪽)라며 단초를 보였던 푸른빛 지향은 『네 마음의 푸른 눈』 시절의 작품들에서 더욱 인상적으로 묘출된다.

다섯째, 고정적인 것들을 넘어서기 위한 열린 스타일, 혹은 열린 텍스트. 첫 소설의 주 인물은 "왼쪽 끝과 오른쪽 끝 사이, 중간과 한쪽 끝 사이. 모든 사이사이를 줄타기 하며, 출렁거리고, 휘청거리고, 한시도 멈추어 서 있지 않는"(같은 책, 128~129쪽) 자기를 말하면서, 너울너울 뻗어나가는 "환상의 가지들" 혹은 "제멋대로 자란 환상 속에서 나는 왈츠 스텝으로 기꺼이 앞으로 걸어나가겠지"(같은 책, 129쪽)라는 의식의 흐름을 보인다. 또 최루탄이 난무하는 시위 현장을 보면서 "잠깐잠깐 뭉실뭉실 피어오르는 연기들이 어떤 환영을 불러일으켜, 마치 투명한 막이 가로놓인 채로 꿈을 꾸고 있거나, 초현실 세계에 와 있는 듯"(같은 책, 140쪽)한 환각에 젖기도 한다. 19세기 초에 요절한 영국의 낭만파 시인 존 키츠가 예술가들에게 필요하다고 강조했던 이른바 열린 수용 능력(Negative Capability), 즉 "사실이나 이성에 얽매이지 않으면서 불확실성, 신비, 회의 속에서 편안하게 있을 수 있는 능력"(문요한, 『여행하는 인간』, 해냄, 2016, 235쪽에서 재인용)을 떠올리게 한다. 훗날 소설집 『곡두』 시절의 상상적 화두도 그렇지만, 딱딱하게 굳어버린 고정관념을 넘어서려는(Beyond Conformity) 열린 태도는 처음부터 어지간했던 것 같다. 현실과 초현실, 실상과 환영, 직접 체험과 문화적 체험을 가로지르며 상상력의 신개지를 열어나가려는 H 나름의 소설 스타일이 이미 「광장 가는 길」에 스며들어 있었던 것이다. 온갖 문학작품이나 음악, 미술, 영화 등 일련의 문화 예술 체험과 길 위에서의 직접 체험을 가로지르며 이야기를 풍성하게 하고 플롯의 유기적 전개 가능성을 탐문하는 문화 형성 소설 스타일 또한 첫 소설부터 「영도」에 이르기까지 삼십 년 동안 지속되어온 문법이다. 가령 첫 소설집에 수록된 「오래된 항아리」의 이런 대목을 보자. "나는 전쟁을 책으로 배우고 영화로 보아왔기 때문에 전쟁마저도 환상에 불과했다. 나는 이오네스코나 베케트가 그리고자 했던 것, '세계의 괴물성'과 '표현할 수 없음'에 대해 고민하고 싶었다."(『이야기, 떨어지는 가면』, 22~23쪽) 부쳐지지 않은 편지 부분인데, '환상' '세계의 괴물성' '표현할 수 없음' 같은 핵심어들만 눈여겨보면, 긴 설명의 필요도 없이, 작가 H의 문학적 기질을 가늠할 수 있는 어떤 핵심에 다가서는 느낌이 드는 게 사실이다. 이와 관련하여 H의 이런 '작가의 말'도 주목에 값한다. "때로 소설이 삶을 앞서 이끌기도 한다. (……) 앤드루 버킨의 영화 〈Salt on Our Skin〉, 에드워드 호퍼의 그림 〈주유소〉, 서용의 둔황 벽화, 송정 앞바다, 기장 어시장, 그리고 부산의 청사포…… 소설 곳곳에 미지의 인연들이 살아 숨쉰다. 시공을 초

월해, 종족과 장르를 넘나들며 그들은 나에게 화살을 던져주었다."(『네 마음의 푸른 눈』, 문학동네, 2006, 301~302쪽)

2. 부끄러움 · 애도 · 환대

비록 거대서사에 회의를 보인다 하더라도, 광장에서 함께하지 못한 '아싸'들이 모종의 부끄러움이나 미안함마저 거절할 수는 없었다. 적어도 1987년 체제에서는 그랬다. 「광장으로 가는 길」의 주인공인 광장의 '인싸'인 '한 선배(들)'에게 느끼는 심리 또한 그러하다. 홀로코스트 이후는 물론 1980년 광주 이후, 1987년 이후, 사정의 농도가 다르긴 하지만, 살아남은 자의 슬픔이나 부끄러움은 여전했다. 1987년 체제로 좁혀 말하더라도 광장에서 함께 실천하지 못한 것에 대한 죄의식 내지 부끄러움은 그 당시의 핵심적인 정치적 무의식이었다. H의 경우, '아싸'로서 또다른 '아싸'들을 다양하게 만나는 방식, 그런 과정에서 타인을 새롭게 발견하고 환대하는 이야기를 빚어왔다. 여러 면에서 H의 소설은 타자 지향적이다.

그렇다는 것은 H가 좋은 귀를 지닌 작가라는 점을 떠올리게 한다. 「순간, 순간들」에서 시어른으로부터 "이야기를 들어주는 귀가 따로 있"(21쪽)는 것 같다는 칭찬을 받는 대목이 시사적인 것도 그와 관련된다. 좋은 귀를 가진 작가는 남들은 흘려듣는 작은 사연들까지 챙겨 듣고 공감하여 환상을 발전시키고 상상력을 가동한다. 「순간, 순간들」이나 「순정의 영역」에서 월남민들, 「디트로이트」에서 전쟁 이전에 도미한 여길남 할머니, 베트남에서 할아버지의 나라를 찾아 한국으로 온 「해운대」의 호아 등 작은 사람들의 작은 이야기들을 H는 곡진하게 엮어낸다. 그들의 사연을 전할 때 H는 실감을 보태기 위해 나름의 공간적 상상력을 효과적으로 발휘한다. 특히 이번 작품집의 경우 용인, 스페인, 해운대, 디트로이트, 몽소로, 영도, 이런 식으로 특정 장소를 지시하는 제목들이 많음을 알 수 있다. 물론 그 공간성은 시간성과 직조되면서 곡진한 사연들을 빚어낸다. 예컨대 황해도 해주에서 월남한 희순씨의 사연을 풀어내기 위해 H는 이런 문장으로 전체적인 윤곽과 분위기를 빚어낸다. 골목길을 돌아보니 "황해도 해주에서 경기도 양주로, 양주에서 의정부로, 의정부에서 서울 수유리의 이 파란 대문 앞에 서기까지, 사십 년이 넘는 아득한 순간들이 주마등처럼 스쳐갔다."(12쪽)는 문장 말이다. 이 압축 제시를 바탕으로 월남 세대의 애잔한 이야기를 풀어낸다. 여기서 공간의 대화는 곧 시간의 대화이기도 하고, 사람살이의 사연이 소통되는 과정이기도 하다. 수유리의 파란 대문 집과 해주 고향집 사이의 대화, 또는 둘째 아들 형서가 유학했던 파리와의 대화 등으로 소설의 세목들이 넉넉해진다. 형서가 파리 유학 시절 아버지에게 보낸 편지에 생라자르역광장 시계탑에 '모두의 시간'이라는 제목이 붙어 있다는 이야기가 나온다. 공간성이 시간성으로 접맥되는 구체적인 표지라 하겠다. 이전 세대의 이야기가 주축을 이루는 「순간, 순간들」이나 「순정의 영역」에 비해, H 세대의 이야기가 중심인 「스페인 여행」「해운대」「영도」 등에서는 공간의 스펙트럼이 더 역동적이고, 왜 H가 호모 비아토르 작가인가, 왜 여행과 소설에 중독된 작가인가를 짐작하게 하는 요소들을 많이 보여준다. 많은 경우 H의 소설에서 현재의 장소는 여행지로 추동케 하는 지렛대거나 여행지를 반추하거나 반성하게 하는 구리거울 같은 공간이다. 현재의 장소에서 일어나는 행동이나 사건보다는 여행지에서의 느닷없는 해프닝이나 예기치 못한 에피소드들이 소설의 플롯에 역동적인 구실을 한다. 여행지의 특성상 예기치 않음, 불확정성, 가변성 등을 효과적으로 드러낼 수도 있겠거니와, 그러면서 이전의 완고한 관습이나 무거운 가짜-진실들을 해체해나간다. 그러면서 새롭게 세계의 진실을 탐문해나가고, 동시에 자기 자신을 반성하거나 심화한다. 여행기의 기록과 소설의 발견이 다르다는 것을 H는 늘 의식하는 편인 것 같다.

「스페인 여행」만 하더라도 그렇다. 표제만 보았을 때는 바르셀로나의 성가족교회나 구엘공원, 혹은 피카소미술관, 그라나다의 알함브라궁전, 산티아고 순례길 언저리 어딘가로 가지 않을까 했었는데, H의 스페인 여행에는 스페인이 없었다. 파리에 머물며 스페인 여행을 기획했지만 끝내 가지 못했다는 이야기다. 스페인 여행 대신 귀국하여 어머니를 보내드려야 했기 때문이다. 결국 여행 이야기가 아니라 애도의 이야기가 된 셈이다. 첫 소설집 『이야기, 떨어지는 가면』에는 '작가의 말' 대신 "나의 어머니께 바칩니다"라는 헌사가 실려 있다. 모두에서 인용한 김혜순의 시구처럼 "당신을 만든 당신 어머니의 첫 젖 같은 것./ 그런 성분으로 만들어진 당신의 첫."을 어머니께 바쳤던 것이다. 이제 「스페인 여행」에 이르면 어머니를 애도하는 이야기가 인상적으로 전개된다. 타국에서 어머니의 부음을 듣고 급거 귀국하는 비행기 안에서 열 시간 동안 주인공은 "사람들이 엄마의 부음을 접하는 방식을 어둠 속에서"(96쪽) 되새긴다. 이청준의 『축제』나 카뮈의 『이방인』, 아니 에르노의 『한 여자』 같은 소설에서 읽은 것들을 떠올린다. 나는 앞에서 문화 형성 소설에 대해서 언급했지만, 사실 이 대목에서는 적잖이 놀라지 않을 수 없었다. 어머니를 여윈 자식이 그럴 수도 있구나? 사실 난 그러지 못했다. 캐나다 빅토리아에서 모친의 부음을 듣고 귀국하는 비행기 안에서, 그 어둠 속에서 나는 옆 사람에게 들키지 않으려 애쓰며 속으로 오열했다. 내 엄마의 일생이 너무 안쓰러웠기 때문이다. 그리고 생전 제대로 못해드린 못난 자식의 회한 탓이었다. 그런데 「스페인 여행」의 주인공은 달랐다. 『이방인』의 뫼르소의 문화적 DNA의 영향이 혹 있었을까. 그건 아니었다. 다름 아닌 사전 애도 (준비) 작업이 그 열쇠였다. 이 소설에서 주인공은 부음을 듣기 전 보름 동안 뜬눈으로 대기한 밤을 보냈다고 했다. 아니 그 보름만이 아니었다. 훨씬 오래전부터 엄마와의 이별을 준비하며 막막하고도 망극한 사별 연습을 했던 것이다.

① 사람이 무엇을 기다릴 때, 내용은 대개 희망 쪽이다. 그러나 오동나무 꽃이 필 때 나에게 찾아온 기다림은 희망과는 거리가 멀었다. 일상에서 가장 잔인한 것은, 그것이 누구의 것이든, 죽음을 기다리는 상태에 놓여 있는 것이다. 엄마가 위중해졌다는 기별과 동시에 나는 대기 상태에 놓였다.(108쪽)

② 기다림으로 패닉 상태에 이르면 언덕을 내려와 식물원으로 내달렸다. 레바논 삼나무에게 가는 것이었다. 나무는 두 팔로 안을 수 없을 만큼 거대했다. 그 자리에서 사백 년 이상을 살아온 고목이었다. 사백 년이라는 시간을 나는 헤아릴 수 없었다. 헤아릴 수 없다는 사실이 나를 편안하게 했다. 나는 레바논 삼나무의 삶에서 추억할 아무것도 가지고 있지 않았다. 나는 고목에 등을 기대고 앉아 흘러가는 구름을 바라보았다. 엄마에 대한 어떤 생각도 하지 않았다. 좋은 추억도 나쁜 기억도 감쪽같이 삭제된 듯 아무것도 떠오르지 않았다. 그사이 식물원의 봄꽃들이 꽃망울을 터트렸고, 급기야 오동나무 보라색 꽃이 활짝 피었다.(108~109쪽)

③ 생각해보면, 나는 지난 몇 년간 매일 엄마의 부음을 생각했다. 최초로 엄마의 부음을 생각해야 했을 때, 눈물의 둑이 터진 듯 시도 때도 없이 눈물이 흘렀다. 그날 이후, 엄마의 부음을 생각하는 것은 사랑하는 사람의 생일이나 기념일을 생각하는 것처럼 특별한 일상이 되었다. 엄마의 부음을 생각하며 엄마와 눈을 맞추고, 손을 잡고, 뺨에 입을 맞추고, 편안히 잠드시라 귀에 노래를 속삭여주었다. 몇 번은 진짜 부음을 준비해야 하는 긴박한 순간까지 갔었다. 헤아릴 수 없이 많은 엄마의 부음이 내 가슴을 지나갔고, 나는 어느 경우에도 눈물 따위 흘리지 않게 되었다.(109쪽)

①에서 누군가의 죽음을 기다리는 것은 가장 잔인한 기다림이라는 성찰이 어지간하다. 그 잔인한 기다림의 시간들에 주인공은 사백 년 넘게 살아온 레바논 삼나무에게 간다. 거대한 자연과 유한한 인간 삶 사이의 대조를 통해 위안을 얻을 수 있었겠지만, 그럼에도 ②에서 "엄마에 대한 어떤 생각도 하지 않았다"는 진술은 영락없는 아이러니에 가까울 것이다. ③에서 우리는 최초로 엄마의 부음을 생각해야 할 때 이후 몇 년간 어떻게 사별과 애도를 준비해왔는지 그 실감을 얻을 수 있게 된다. 「스페인 여행」은 세상에 하고많은 사모곡이 아니고, 단지 애도의 이야기에서 그치지 않는다. '가장 잔인한 기다림'이라는 정서를 새롭게 발견하고 전경화한 것이 인상적인 작품이다. 일찍이 『동행』 시절 절절한 애도 작업

을 해왔고, 또 산문집『함정임 유럽 예술 묘지 기행: 그리고 나는 베네치아로 갔다』를 통해 예술적 애도 작업을 수행했으며, 무엇보다도 여로에서 만나 수많은 작은 사람들의 사연을 통해 이런저런 애도 작업을 이어온 작가만이 보일 수 있는 발견이고 환기라 할 것이다.

「해운대」는 부끄러움과 환대의 주제와 관련하여 많은 생각거리를 제공하는 좋은 작품이다. '해운대'라는 장소를 거점으로 하여 베트남에서 온 호아라는 소녀의 시점과 G라는 한국인 사진작가의 시점이 교차하며 이야기가 진행된다. "새처럼 작고 단단한 상체에 비해 학처럼 긴 다리, 쫓기듯 겁먹은 검은 눈동자" "맨발과 불안정하게 흔들리는 눈빛"(128쪽)으로 인해 이질적인 느낌을 주는 호아는 필경 베트남 전쟁 때 파병되었던 한국 군인의 손녀로 보인다. 이 소수자의, 이 타자의 목소리를, H는 좋은 귀로 잘 듣고 우리에게 전해준다.

할머니는 한국을 사랑했어. 할아버지의 나라 한국을 평생 가슴에 품고 살았어. 할아버지가 한국으로 돌아간 뒤 다시는 만나지 못했지만, 텔레비전에서 한국 이야기만 나오면 마치 할아버지를 만나기라도 할 것처럼 두 눈을 반짝였어. 어머니 아버지가 돌림병으로 돌아가시자 할머니는 나와 동생들을 돌보았어. 할머니에게 한국은 꿈속에서 그리는 나라, 세상에서 가장 아름다운 나라였어. 할머니는 밤이면 자장가로 한국 노래를 들려주었어. *나의 살던 고향은 꽃 피는 산골. 호아, 네 핏속에는 한국인의 피가 흐르고 있단다. 복숭아꽃 살구꽃 아기 진달래.* 호아, 네 핏속에는 한국인의 피가 흐르고 있어. *울긋불긋 꽃대궐 차리인 동네.* 나는 꿈을 꾸었어. 언젠가는 내 할아버지의 나라로 꼭 가고야 말겠다고.(138쪽)

호아도, 호아의 말로 전해지는 할머니도 그 어떤 원망도 없는 것 같다. 원망 없는 그리움으로 할아버지의 나라 한국을 찾아온 호아, 그러나 그녀의 "쫓기듯 겁먹은 검은 눈동자"는 "불안정하게 흔들"릴 수밖에 없는 처지다. 이 순진무구한 영혼의 현재 처지에 각인된 한국과 베트남의 역사가, 호아나 호아 할머니의 표면적 태도와는 달리 한국인에게는 부끄러움을 먼저 느끼게 한다. 이런 호아의 타자적 입장을 G가 남다른 눈으로 바라볼 수 있게 된 것도, 그 자신이 타자적인 체험을 했기 때문이다. 이전 산문집에서 "강도들의 총격으로 숨진 형의 죽음을 수습하기 위해 페루 땅을 처음 밟게 된"(『소설가의 여행법』, 193쪽) N씨의 삽화가 있었거니와, 「해운대」의 G는 그 에피소드를 전유하여 새로운 해운대의 상상력을 펼친다. 형의 죽음에 대한 실무적 처리를 마치고 난 후에 바로 귀국하지 않고 페루에 남아 남태평양의 파도치는 해안가 절벽 위에 거처 겸 스튜디오를 마련하여 삼 년 동안을 버티며 애도 작업과 예술 작업을 함께했던 그였다. 귀국 후에도 서울로 돌아가지 않고 페루의 스튜디오와 비슷한 분위기를 찾아 해운대에서 카페 겸 작업실을 운영한다. 유럽과의 관계에서 역사적으로 타자적일 수밖에 없었던 페루, 거기서 또다른 타자 혹은 소수자로 지내면서 존재의 근원성을 응시할 수 있었기에 G는 피해자 의식을 거두고 귀국할 수 있었는지도 모른다. 그런데 호아를 보면 자신과는 직접 관련이 없다 하더라도 역사적인 그리고 도의적인 가해자 의식에 젖게 되고 반성적인 성찰을 하게 된다. 이런 부끄러움이 선행되어야 호아라는 타자를 진심으로 환대할 수 있다는 것, 이것이 작가 H가 형상화한 해운대의 상상력의 요체다. 그런 부끄러움, 반성성과 교감할 수 있었기에, 호아도 자기 이름을 말할 수 있게 되고, 자기 말을 할 수 있게 된 것이다.

그렇다. 오래전부터 해운대는 한 세계가 끝나는 곳이자 새로운 세계가 부단히 열리는 역동적인 장소였다. 어제의 물이 나가고 오늘의 물이 새롭게 들어왔다. 떠남과 돌아옴, 원심력과 구심력이 소용돌이쳤다. 거기에 고여 있는 것은 없었다. 내 것, 네 것을 구별하기도 어려웠다. 지난 것의 회한과 다가올 기대들이 끊임없이 뒤섞이고 이런저런 욕망들이 출렁거렸다. 늘 가득찬 바다이면서 언제나 뚫린 동공들로 서늘했다. 텅 빈 충만. 해운대 달맞이 언덕에 달이 뜨면 텅 빈 충만의 세계로 입사하지 않을 도리가 없었다. 새로운 생명의 기운들이 지펴졌다. 사물들은 새로운 관계를 알게 되었고, 새로운 언어의 지도를 마련할 수 있었다. 작가 H가 달맞이 언덕에서 빚어낸 소설들은 그런 해운대의 기운을 닮았다. 그 구체적인 증거가 바로 「해운대」다. 아마도 소설 「해운대」는 트랜스내셔널한 윤리와 역사 감각을 중시하는 우리 시대의 핵심적 산문정신을 돌올하게 부각한 작품으로 오래 기억될 것이다.

3. 사랑을 사랑하기 위한 글쓰기의 영도

이제 「영도」로 가보자. "바닷가 절벽 위에 한 여인이 앉아 있었다. 멀리에서 실루엣만으로 보아 여인은 흡사 인어 소녀 같았다. 두 손을 무릎에 얹고, 고개를 숙이고 있었다. 여인은 해질녘이면 그 자리에 앉아 수평선을 바라보았다. 그리고 하늘도 바다도 어둠으로 수평선이 분간이 안 될 때까지 앉아 있다가 고개를 떨구었다."(216쪽). 재인의 꿈 장면인데, 이 대목에서 나는 얼핏 작가 H의 모습을 떠올리기도 했다. 누군가는 말할지도 모른다. 거기서 실제 작가를 떠올리다니, 비평가 맞아? 실제로 나는 H의 달맞이 언덕을 잘 알지 못한다. 그저 유추할 따름이다. 적어도 내겐 H가 바닷가 절벽 위에서 "하늘도 바다도 어둠으로 수평선이 분간이 안" 되는 심연을 응시하는 모습이 자연스럽게 떠오른다. 시드니나 두브로브니크의 바닷가에서 본 H의 뒷모습을 불러내 해운대 달맞이 언덕으로 치환해보면 되니까 말이다. 어쨌거나 이 해운대의 관찰자 혹은 몽상가는 세계를 보기 위해서 그 심연을 응시하는 것이기도 하지만 그에 못지않게 자기를 보기 위해서 H의 말법대로라면 '내 안의 샤먼'을 만나기 위해서이기도 하다. 그러니까 『당신의 물고기』였을 것이다. "내가 불러내고, 짓고, 말을 붙인 사람들의 훼손된 마음들이 정화되기를, 해소되기를. 그럼으로써 나 역시 구원되기를. 그때보다 더 누군가와 함께 호흡한다는 것, 글로써 함께 살아간다는 것이 절실해지는 때가 없다. 그 속에서 나 자신이 고양되는 것을, 내 안의 샤먼과 만나고 있는 것을 느낀다."(『당신의 물고기』, 민음사, 2000, 275쪽) 영매자靈媒者로서 샤먼 시인의 현현을 떠올리게 하는 대목이다. 순간과 영원, 이승과 저승, 육지와 바다, 나와 남, 작가와 독자를 연결해주며 상처를 어루만져 치유의 지평에 이르게 하는 샤먼 시인. 어쩌면 H는 그런 샤먼 시인이었을까? 이 샤먼 시인은 때때로 푸른빛에 들린 채 소설을 쓰기도 한다. 소설 「영도」는 어처구니없는 사정으로 자살한 영도 출신의 아버지를 애도하느라 속수무책인 기주와 그의 친구 재인, 그리고 그 둘을 매개하는 포르투갈 파두 아티스트 조아나의 관계와 속사정에 관한 이야기이기도 하지만, 재인에 의해 소개되는 소설가 H의 지난 '작가의 말'들이 엮이며, H의 소설적 삶에 대한 간략한 성찰의 소설이기도 하다. 즉 자기 안의 샤먼의 여정을 돌아보는 작품이기도 하다는 것이다. 『네 마음의 푸른 눈』을 낼 때 '2004. 12. 작품 노트' 중에서 일부를 옮겨놓은 '작가의 말'이 있었는데, 「영도」에서는 이를 다시 축약하여 다음과 같이 인용한다.

　　홀린 듯 썼다. 쓰고 나니 무엇을 썼는지, 누가 썼는지 아득했다.
소설이 씌어지는 동안 푸른빛 속에 있었다. 어디까지가 소설이고
어디까지가 현실인지 무엇이 환각이고 무엇이 실체인지 경계를 찾
을 필요는 없다. 다만, 느낄 뿐이다. (209쪽)

　푸른빛에 홀린 듯 썼다는 이 환각 고백. 2006년판에는 있었지
만 여기서는 생략된 부분 중에는 이런 대목이 있다. "신비로운 빛
이었다. 어쩌면 나를 영원히 구원해줄 운명의 빛일지도 모른다는
환각에 사로잡혔다."(『네 마음의 푸른 눈』, 299쪽) 운명의 빛으로
서 푸른빛을 쫓아 H는 끊임없이 발길을 움직였고 세속적인 것과
신비로운 것, 현실적인 것과 비현실적인 것 사이에서 거듭 갈라지
는 길들을 모험하듯 탐문했다. 그 길 위에서 '환영幻影' '신기루蜃氣
樓' 같은 '곡두' 체험을 하기도 하고, 그것을 화두 삼아 소설집 『곡
두』(2009)를 상자하기도 했다. 그러는 과정에서 키츠가 강조했던
예술가의 허심탄회한 수용 능력 그 Negative Capability의 내공
은 더욱 깊어진 것으로 보인다. "살다보면, 또는 쓰다보면, 길이
아닌 곳에서 우연히 한 길이 나타나고, 한동안 그 길이 필연인 양,
그래서 운명인 양 그 길로 흘러간다"(「영도」, 210쪽)는 문장만 하
더라도 그렇지 않은가. 호모 비아토르 작가의 상당한 경지가 느껴

지지 않는가. 내 안의 샤먼이, 그 샤먼 시인이, 그 샤먼 이야기꾼이, 이제 영혼이 움직이는 대로 길을 가고, 풍경 따라 글길을 내게 된 것이다. 「영도」의 끝부분을 장식하는 이런 문장에 오래 눈길을 머무는 것은 샤먼 시인에 대한 자연스런 경의이자 이끌림에 해당할 터이다.

　　때로 엉뚱한 곳에 뜻밖의 삶이 깃들기도 했다. 어쩌다 사람을, 아니 사랑을 사랑하는 것처럼.(216쪽)

이 대목에서 우리는 자연스럽게 "주체가 사랑하는 것은 사랑 그 자체이지 대상이 아니다"(롤랑 바르트, 김희영 옮김, 『사랑의 단상』, 동문선, 2004, 55쪽)라고 했던 롤랑 바르트의 전언을 떠올리게 된다. 계속해서 그는 설명했다. "내가 원하는 것은 바로 내 욕망이며, 사랑의 대상은 단지 그 도구에 불과하다. (……) 어느 날인가 그 사람을 정말로 단념해야 하는 날이 오면, 그때 나를 사로잡는 격렬한 장례는 바로 상상계의 장례이다. 그것은 하나의 소중한 구조였으며, 나는 그이/그녀를 잃어버려서 우는 것이 아니라 사랑을 잃어버렸기 때문에 우는 것이다."(같은 책, 55~56쪽) 바르트가 착목했던 사랑에 대한 순수 욕망처럼, H는 삶을, 소설을 사랑하는 것을 사랑하는 작가이다. 앞에서 말한 여행과 소설 중독 현상 또한 사랑을 사랑하는 맥락에서 성찰해보면 더욱 자연스럽게 이해

된다. H에게 삶은 곧 여행이고, 여행이 삶이기 때문이다. 사랑을 사랑하는 것처럼, 삶/여행과 소설을 사랑하는 것을 사랑하는 H의 글쓰기는 한없이 낮은 심연으로 강림한다는 점에서 '영도零度'의 글쓰기를 지향한다. 또 샤먼 이야기꾼에 의한 들린 곡두 풀이이자 영매의 교감을 중시하는 풍경첩을 닮았다는 점에서 '영도靈圖'의 글쓰기이기도 하다. 아울러 예전에는 절영도絶影島로 불렸던 부산 영도影島에서 깊은 곳에 그물을 드리운 채 생의 근원적인 그림자를 낚으려 한다는 점에서 '영도影島'의 글쓰기다. 소설 「영도」는 그런 세 겹의 영도의 글쓰기를 인상적으로 보여준 작품이다.

그토록 삶을, 소설을 사랑하는 것을 사랑하며 삼십 년의 세월을 홀린 듯 살아온 작가 H의 산문 한 대목을 인용하는 것으로 이 글을 마치고자 한다. "공간성이 뛰어난 소설들은 독자로 하여금 직접 그곳으로 가도록 유혹한다. 나는 구효서에 홀려 강화도를 수없이 찾았고, 제임스 조이스에 빠져 더블린으로 향했고, 로맹 가리에 반해 페루의 바닷가로 떠났다. 발자크의 『고리오 영감』의 하숙집을 찾아 파리의 팡테옹 언덕의 좁은 골목들을 돌아다녔는가 하면, 르 클레지오의 『조서』의 무대를 좇아 밤이나 낮이나 니스 해변의 영국인 산책로를 오갔다."(『소설가의 여행법』, 317쪽) 이제 혹은 머잖아 부산의 영도며 해운대가 지금보다 더 붐비게 될지도 모르겠다는 생각을 해볼 수도 있지 않을까? H의 소설을 사랑하는 독자들이 소설 「해운대」에 반해 그곳으로 가고, 「영도」의 묘한 분위기에 이끌려 그곳으로 갈 수도 있을 터이니 말이다. 혹 해운대 달맞이 언덕으로 가시거든 눈여겨보시라. 바닷가 절벽 위에서 "하늘도 바다도 어둠으로 수평선이 분간이 안" 되는 심연을 응시하는 어떤 사람이 있는지 말이다. 그런 사람을 발견하면 이렇게 인사하셔도 좋겠다. "등단 삼십 주년을 축하합니다!"

작가의 말

사랑도 취소와 삭제가 가능할까.
사랑이 새겨지고 파기되고 지워지는 방식은
어떤 것일까.

오랫동안
나는 사랑을 착각해왔다.
연민의 마음을
사랑이라고.

어느 순간
쿵, 하고 우주의 한 순간이 무너지듯

깨달았다. 내가 해온 사랑은
사랑을 사랑해온 것이라고.

멋모르고 여기까지 왔다.
처음엔 당돌하게 소설 한복판으로
훅, 밀려들어와서는
오랜 세월 무심하게
혹은, 방치된 채
홀로 떠돌았다.

멈추고, 그만두고, 벗어나고 싶었던 순간들
돌아보기 아득하지만
돌아서서 바라보자니
끊어질 듯 이어지는 길 하나
나 있다.

이 소설집에 수록된 몇 편에는
소설을 쓰는 동안, 소설의 실제 인물이
이 生에서 저 生으로 떠나는 여정이
고스란히 담겨 있다.
소설의 마지막 장면을

격렬한 감정을 가라앉히며 썼는데,
소설이 끝나자, 어떤 한 生이
소설처럼
끝나는 일을 목도하기도 했다.

멋모르고 여기까지 왔는데,
삶과 소설이
앞서거니 뒤서거니
오롯이
한 세상이다.
나는 다만, 빌려
썼을 뿐.

*

불러보는 것만으로도 마음이 뜨거워지는 이름, 김윤식 선생님. 데뷔작 「광장으로 가는 길」부터 「용인」까지 현장 소설평을 하셨다. 이 세상을 떠나는 마지막 순간까지 소설을 읽는 인간의 모습을 기리고 싶다.

어미에게 악역 맡기기. 나는 첫 소설집『이야기, 떨어지는 가면』부터 지속적으로 엄마와 애증의 대결 관계였다. 현실과는 반대였다. 엄마의 생애 마지막 여정을 지난 십여 년간 소설 속에 끌어안았는데, 이번「스페인 여행」은 소설 그대로 엄마와 낯설게 작별했다. 떠나보내는 순간까지 제대로 울어본 적이 없는데, 이제는 말하고 싶다. 엄마, 고맙습니다.

이 소설집이 가능하도록 삶의 일부를 헐어주신 분들이 많다. 다 부르지 못해도 몇 분은 새기고 싶다. 포틀랜드의 홍정기 선생님과 그레셤 농장의 박낙순 할머님(「디트로이트」), 파리의 노미숙 선생님(「스페인 여행」), 카이세리의 잔단과 유미트(「고원高原에서」), 리마의 P 선생님(「해운대」), 리스본의 조아나(「영도」), 몽소로의 재키 부부(「몽소로」), 수유동 감나무 집 故 박희복 어르신과 故 오순남 어르신(「순간, 순간들」「순정의 영역」), 고맙습니다.

그리고 소설 제목부터 영감과 문장을 빌려온 저자와 저작들도 밝히고 싶다. 롤랑 바르트의『사랑 담론들』, 베케트의『고도를 기다리며』, 이오네스코의「의자들」, 카뮈의『이방인』, 아니 에르노의『한 여자』, 박무부의〈내 나이가 어때서〉, 파두〈바르코 네그로〉, 백석 시집『모닥불』, 고맙습니다. 이 보잘것없는 소설들을 한 권의 책으로 엮어준 문학동네 염현숙 선생님, 아름다운 표지로 감싸준

김이정 북디자이너, 섬세한 손길로 편집해준 강윤정, 김봉곤 에디터, 데뷔작부터 소설뿐 아니라 그간 출간한 산문집들까지 모두 읽고 평론을 써주신 우찬제 선생님, 고맙습니다.

  끝으로, 내 삶과 소설의 원천 태형, 그리고 P, 고맙습니다.

2020년 2월
봄이 오는 길목에서
함정임

| 수록 작품 발표 지면 |

「순간, 순간들」 …… 『대산문화』 2016년 여름호

「너무 가까이 있다」 …… 『문예중앙』 2017년 봄호

「순정의 영역」 …… 문장웹진 2019년 9월호

「용인」 …… 『세계의 문학』 2015년 겨울호

「스페인 여행」 …… 『한국문학』 2014년 가을호

「고원高原에서」 …… 『Axt』 no.008 2016. 11/12

「해운대」 …… 『그 길 끝에 다시』, 바람, 2014년(발표 당시 제목 「꿈꾸는 소녀」)

「디트로이트」 …… 『문학사상』 2014년 1월호(발표 당시 제목 「예외 상태」)

「몽소로」 …… 『내일을 여는 작가』 2019년 상반기호

「영도」 …… 『한국문학』 2019년 상반기호

문학동네 소설집
사랑을 사랑하는 것
ⓒ함정임 2020

초판 인쇄 2020년 2월 14일
초판 발행 2020년 2월 21일

지은이 함정임
펴낸이 염현숙
책임편집 김봉곤 | 편집 강윤정 김영수 | 모니터링 이희연
디자인 김이정 유현아 | 마케팅 정민호 박보람 우상욱 안남영
홍보 김희숙 김상만 오혜림 지문희 우상희 김현지
제작 강신은 김동욱 임현식 | 제작처 영신사

펴낸곳 (주)문학동네
출판등록 1993년 10월 22일 제406-2003-000045호
주소 10881 경기도 파주시 회동길 210
전자우편 editor@munhak.com | 대표전화 031) 955-8888 | 팩스 031) 955-8855
문의전화 031) 955-3576(마케팅) 031) 955-1920(편집)
문학동네카페 http://cafe.naver.com/mhdn | 트위터 @munhakdongne
북클럽문학동네 http://bookclubmunhak.com

ISBN 978-89-546-7072-2 03810

www.munhak.com